RAFFA FUSTAGNO

Meu Crush de Nova York 2
O AMOR PEDE PASSAGEM

1ª Edição

2021

Direção Editorial: Anastacia Cabo
Gerente Editorial: Solange Arten
Revisão Final: Equipe The Gift Box
Diagramação, capa e preparação de texto: Carol Dias

Copyright © Raffa Fustagno, 2021
Copyright © The Gift Box, 2021

Todos os direitos reservados.
Nenhuma parte do conteúdo desse livro poderá ser reproduzida em qualquer meio ou forma – impresso, digital, áudio ou visual – sem a expressa autorização da editora sob penas criminais e ações civis.
Esta é uma obra de ficção. Nomes, personagens, lugares e acontecimentos descritos são produtos da imaginação da autora. Qualquer semelhança com nomes, datas ou acontecimentos reais é mera coincidência.

Este livro segue as regras da Nova Ortografia da Língua Portuguesa.

CIP-BRASIL. CATALOGAÇÃO NA PUBLICAÇÃO
SINDICATO NACIONAL DOS EDITORES DE LIVROS, RJ
Meri Gleice Rodrigues de Souza - Bibliotecária - CRB-7/6439

F995m

Fustagno, Raffa
  Meu crush de Nova York 2 : o amor pede passagem / Raffa Fustagno. - 1. ed. - Rio de Janeiro : The Gift Box, 2021.
  142 p.

ISBN 978-65-5636-117-8

1. Romance brasileiro. I. Título.

21-73674   CDD: 869.3
                 CDU: 82-31(81)

Capítulo 1

IDAS E VINDAS DO AMOR

— Nem guindaste. — É a frase que repeti inúmeras vezes para Juli, minha melhor amiga, e para mim mesma quando pensava o que faria se visse Ethan novamente após mais de um ano longe um do outro. E não foi muito diferente disso. Minhas pernas ainda estão bambas depois de horas encaixada nesse homem, nas mais diversas posições que ousei imaginar.

Observo o lixo lotado de camisinhas, que são a prova de que tivemos uma noite animadíssima. Olho para ele nu ao meu lado, dormindo relaxado de barriga para cima, e fico admirando cada centímetro do seu corpo. O tesão era tanto que pouco conversamos, saímos do casamento e viemos parar aqui, no quarto desse hotel no Catete, que parece um daqueles que vemos em novelas de época, tudo de madeira escura, os corredores com candelabros que parecem saídos de um filme de terror. Inclusive, a senhora da recepção estava dormindo quando entramos e nem percebeu nossa presença. Se passasse pela porta, nem saberia que aqui é um hotel, de tão escondida que é a entrada dele. *Como será que Ethan encontrou esse lugar?*

Ainda estou aqui cheia de perguntas sem respostas. Nos jogamos nessa cama, rimos por ela ranger, nos entregamos às ordens dos nossos corpos, e perdemos a conta das vezes em que saciamos a vontade um do outro em cada cantinho desse quarto pequeno, mas que nos serviu brilhantemente. Só precisávamos disso, um lugar fechado, eu, ele e toda a saudade um do outro para compartilhar.

Odeio acordar antes e ficar imaginando mil coisas, quase o cutucando para fazer perguntas que ainda não fiz. Não sei quanto tempo ele vai ficar, não sei se entende o quanto quero que fique. E, enquanto penso nisso, olhando para ele, parece que voltei a ser a Charlotte de antigamente, a mulher cheia de inseguranças que tinha perdido as esperanças.

Decididamente, não posso voltar a ser aquela pessoa. Estou bem, meu trabalho é incrível, minha mãe está ótima, voltei a me dar bem com meu pai... De repente, vem uma voz na minha cabeça que diz: "Você não trepa. Quem não trepa não é feliz. Não pode ser..." É Juli quem não cansa de repetir isso, tanto que não sai da minha cabeça. Ela nunca entende como fiquei esse tempo todo sem dormir com cara nenhum. Na cabeça dela, Ethan é maravilhoso, mas tem necessidades masculinas e obviamente deve ter pegado dezenas de garotas nesse meio tempo.

A verdade é que nunca tive coragem de perguntar isso a ele. Eu sei de mim, sei que sigo não conseguindo transar por transar. Preciso sentir algo para isso. Nem todo mundo vê o sexo da mesma forma. Gosto de me entregar ao cara que amo, ao Ethan. Gosto de passar a noite acordada, de grudar e não separar mais, mas com ele. Que graça tem ser com outro cara? Só por que ele é gostoso? E daí? Para mim não funciona assim, preciso sentir algo. Melhor ainda é quando tenho a sorte de ter alguém como Ethan que, além de tudo, também é um tremendo homem delicioso. E, enquanto penso isso, quero encostar nele, abraçá-lo e agradecer por estar aqui agora. Quero saber se é verdade o que acabei de viver, mas me seguro. A louca aqui não vai acordar ninguém só para se sentir melhor com o que acabou de pensar.

E o que me importa se ele comeu outras mulheres? Estávamos a milhas de distância, nos falávamos sempre que dava, mas eu não pluguei um GPS na bunda dele para saber se estava onde dizia que estava quando mandava mensagem. Puta que pariu, uma noite que saio do atraso do sexo e já estou querendo interrogar o cara. Foca no fato de ele ter vindo, Charlotte! Isso não é hora de pensar nessas coisas.

Melhor lavar o rosto e colocar essa cabeça para pensar melhor, ou vou acabar caindo na própria pilha que botei.

Levanto da cama com cuidado. Por um milagre, ela não faz barulho. Procuro minha calcinha, que foi parar em algum lugar; olho na cadeira e meu vestido está lá, os sapatos estão jogados perto do banheiro, mas minha calcinha... pronto, achei. Como ela foi parar nesse abajur?

Eu a pego e visto. Ando até o banheiro e me encaro no espelho. Minha barriga cai por cima da calcinha. Eu a subo, encolhendo a pança, mas ela cai por cima novamente. O espelho do banheiro é imenso e as luzes fazem com que eu enxergue melhor todas as minhas celulites. Apoio as duas mãos na bancada da pia e aprecio somente meus peitos, pelo menos eles parecem no lugar certo.

Ethan desperta, do espelho o observo se espreguiçar, me procurar ao lado dele e me encontrar no banheiro, ele então se levanta da cama esfregando os olhos e boceja. Ele anda nu em minha direção. Penso em encolher a barriga, em apagar as luzes do banheiro, mas seria infantil demais da minha parte. Esse homem já me viu nua várias vezes e acabou de me ver em posições que nem eu mesma devo ter me olhado na vida. Mesmo acordando ele é um espetáculo; aprecio sua barriga, seus braços, e tudo mais que faz parte do conjunto. Não me movo, ele se coloca por trás de mim, me fazendo desmontar por completo. Já não penso mais no meu corpo, me esfrego nele.

Ethan passa a mão em cima da minha barriga e a aperta, olhando para o espelho como se adivinhasse o que eu estava pensando segundos atrás. Olhando para mim, ele diz em português mesmo, ao pé do meu ouvido:

— Linda. — E, como em um passe de mágica, nem sei mais o que é insegurança enquanto ele beija meu pescoço. Ele sabe o quanto aquilo me excita.

Viro de frente para ele e coloco as mãos em seu peito.

— Você está exatamente como eu te imaginava todos os dias desde o nosso último encontro — falo.

Ethan morde os lábios, me olha de um jeito que eu nem consigo explicar e coloca uma mão de cada lado da lateral de minha calcinha, até que ele a puxa para baixo, só parando quando a encosta no chão, e nisso estou completamente nua. Me arrepio inteira. Ele me suspende e me senta na bancada, para só então me responder:

— Posso ter sonhado ou tentado lembrar disso todos os dias — ele se encaixa em mim —, mas nada é comparável a como você está mais linda e mais gostosa do que tudo que imaginei cada um desses dias ou em qualquer momento que eu possa me recordar.

Como alguém pode me excitar e me fazer suspirar ao mesmo tempo? Desisto de entender, me entrego inteira. Abro as pernas e ele se movimenta entre elas, me fazendo ter certeza de que se ninguém bater na porta desse quarto, minha promessa é dívida: nem guindaste me tira de cima desse homem hoje.

Capítulo 2

ADORO PROBLEMAS

São quase duas horas da tarde e até agora não saímos do quarto. Do banheiro viemos para a cama novamente. Me enrolo no lençol, mais uma vez procurando minha calcinha, que tem vida própria e não está em lugar nenhum. Caminho da cama até o frigobar e só tem água e refrigerante. Estou faminta; me viro para cama e vejo Ethan deitado de lado, rodando minha calcinha nos dedos.

— Está procurando isso aqui? Eu gostava mais quando elas eram mais coloridas e divertidas... — ele me sacaneia, lembrando-me de quando transamos pela primeira vez e eu usava uma calcinha cheia de personagens.

— Engraçadinho, me devolve isso! — Quando a pego da mão dele, Ethan consegue me puxar de volta para cama e me desequilibro, deitando sobre ele.

— Acho que podemos matar nossa fome de outra maneira — ele diz, pegando na minha bunda e beijando meu queixo enquanto tento me virar e ter controle sobre meu corpo novamente.

— Precisamos estabelecer limites. Não tenho mais pique para ficar trancada em um quarto vivendo a sexo e água o final de semana inteiro. Lembre-se de que sou mais velha, meu corpo tem mais necessidades — tento lhe convencer.

— Aham, sei, muita diferença de idade. Você fala de um jeito como se tivesse idade para ser minha mãe. Como você é exagerada! — resmunga, virando-me na cama novamente e tirando o lençol que cobria minha barriga.

— Eu acho muito, quatro anos é uma Copa do Mundo. Uma Olimpíada... — implico com ele, pois sei que odeia quando banco alguém muito mais velha.

— Pode parar! Quem se importa com isso quando *"você me deu uma eternidade dentro dos nossos dias numerados"*? — Ele espera que eu reconheça a frase, e é óbvio que a reconheci.

— Valeu, John Green, mas não acho um bom momento citar A culpa é das estrelas quando sabemos que o final não é feliz. Ainda que tenha sido fofo ouvir tudo isso. — Faço um charme, e acho lindo que ele siga brincando de dizermos trechos de filmes ou livros que amo, ou que ele ame, para que a gente adivinhe.

— Tudo bem, de agora em diante só citarei filmes com finais felizes, como a nossa história, combinado? — Ele sorri para mim e, para variar, me perco em pensamentos.

Quando percebo, ele está dedilhando sobre minha barriga. Qualquer outra pessoa me daria cócegas, mas ele não, ele sempre me deixa animada como se estivesse pedindo por mais a todo instante.

— Posso saber o que está fazendo? Minha pança virou instrumento? Violino que não é… — Antes que eu acabe de falar, ele se estica, mexe no celular dele que está na cabeceira e coloca uma música para tocar. Acompanhando a melodia, ele simula tocar um piano em minha barriga, seus dedos caminham até meus seios e retornam para seguir acompanhando a música. Observo, atenta, ele afundar os dedos em minha barriga. De repente ele para.

— Eu amo essa música, é a Valsa número 2 de Shostakovitch. Não sei tocá-la no piano, sou péssimo nesse instrumento, mas, no seu corpo, tudo parece ficar mais fácil. A música flui… — Ele começa a beijar meu umbigo e me arrepio. Tenho pavor que mexam no meu umbigo, mas o tesão com ele é tão grande que permito.

— É linda. Gostaria de vê-lo tocando em seu violino — respondo, acariciando seu rosto. Ele me encara e vai subindo até chegar na altura de minha boca.

— Não o trouxe, vou precisar usar seu corpo mesmo enquanto estiver no Brasil. — ele responde. No que me faz lembrar que não tenho ideia de quanto tempo pretende ficar por aqui.

Finalmente tenho coragem — e controle — para parar de pensar em transar com ele o tempo todo, e me sento na cama com um ar mais sério.

— Ethan, claro que amei sua surpresa, estou amando cada segundo, mas você não me disse quanto tempo vai ficar. Aliás, teria sido melhor eu saber da sua vinda para poder me programar, inclusive no trabalho, já que segunda pela manhã embarco para Macaé e devo passar a semana por lá. —

Sei que não perco o costume de gostar de ter o controle das situações em minhas mãos, mas entenda que não foi fácil ficar todo esse tempo pensando no que ele estava fazendo lá em Nova York e não surtando de ciúmes. Me descobri alguém extremamente ciumenta após nosso envolvimento, e odeio sentir isso.

Foquei no trabalho e deu certo. Quanto mais trabalhava, menos tempo para pensar em Ethan eu tinha, por mais que fosse vencida muitas vezes quando ele me mandava mensagens e eu me desarmava do outro lado querendo pegar o primeiro avião para vê-lo. Precisa ter saúde mental em dia para manter um relacionamento à distância.

Reparo que algo que eu disse não agradou Ethan, que se levanta da cama, veste a cueca que está jogada na poltrona perto da janela e se senta de frente para mim com um ar desanimado.

— Queria surpreendê-la, desculpe. Achei que fosse ficar feliz. Eu estou muito, muito feliz. Minha passagem é para daqui a uma semana, domingo que vem eu retorno. Não tinha grana para ficar mais tempo — ele explica e, ao mesmo tempo que quero beijá-lo inteiro por ser tão maravilhoso comigo, também quero me proteger de toda a saudade que vou sentir quando ele partir, quando nos separarmos novamente.

— Não precisa pedir desculpas, é claro que eu gostei. Eu amei, é que é tudo muito confuso na minha cabeça. Como vou ficar quando você for? O que somos um para o outro? Entende? — saio falando tudo que estou pensando, feito uma metralhadora cheia de mágoas, como diria Cazuza.

Ethan se levanta e caminha até a cama novamente, segura minhas mãos e olha nos meus olhos, encostando seu nariz no meu, sua testa na minha. Só então me responde:

— Não foi fácil para mim também, segue não sendo. Se eu pudesse escolher apenas um desejo no mundo, seria ter você todos os dias comigo. — Ele simula aspas com as mãos e segue falando: — "Eu poderia morrer agora. Estou tão feliz. Nunca senti isso antes. Estou exatamente onde queria estar".

Ele espera que eu diga de onde é a frase. Não a reconheço. Me é familiar, mas ainda que pense se a li em algum livro ou a ouvi de um filme, não consigo recordar.

— Desisto. Que fala é essa? — pergunto.

— *Brilho eterno de uma mente sem lembranças.* — Ele sorri, como se tivesse marcado um ponto no nosso jogo de acertos.

— Jamais ia lembrar, não suporto esse filme.

Ele faz cara de bravo. Todo mundo estranha, por amar cinema esperam que eu adore esse filme, mas mal aguentei vê-lo até o final. Mesmo sendo com Kate Winslet e Jim Carrey que eu amo, achei um saco.

— Ninguém é perfeita — ele retruca. Ouço minha barriga roncar.

— Ethan, sério, se não sairmos para comer algo ou pedirmos qualquer coisa comestível, juro que minha barriga vai conversar com você em poucos minutos. — Eu odeio sentir fome. No início, vou aguentando, mas chega um nível que meu percentual de mau humor não consegue mais ser disfarçado.

— Ok, mocinha. Então vamos sair desse quarto. Porque quero curtir cada segundo dessa cidade com você. Aonde vai me levar? — ele pergunta, como se eu fosse a melhor guia turística do Rio de Janeiro. Se ele soubesse que só fui uma única vez no Pão de Açúcar no colo da minha mãe e nunca visitei o Corcovado, veria que sou a pessoa errada para mostrar a cidade a ele.

No entanto, reverto a pergunta.

— O que você deseja conhecer? — Não faço ideia se ele conhece algum outro lugar que não sejam os pontos turísticos clichês da cidade.

— Colombo, uma cafeteria. É perto daqui? — ele me pergunta.

— Que eu me lembre, a Confeitaria Colombo tem duas, uma em Copacabana e outra no Centro. Como sabe que existe isso aqui? — indago, curiosa, pois não me lembro de ter comentado sobre esse lugar para ele, até porque não vou há muitos anos.

— Vim no avião conversando com uma senhora, e ela me disse que eu não poderia deixar de conhecer alguns lugares aqui no Rio. Anotei no celular. — Ele vai até a cabeceira e o pega novamente. — Isso, Confeitaria Colombo. Ela disse que é linda. E falou que preciso entrar no Theatro Municipal, se sou violinista — ele fala com forte sotaque os nomes dos lugares, e acho fofo.

— Ok, vamos por partes, hoje é sábado, e acho que essa Confeitaria Colombo não funciona à noite no Centro. E lá é onde fica o Theatro Municipal também, não sei o que está em cartaz, mas você pode passar pela porta se não conseguirmos assistir nada. Só preciso mudar de roupa, não tem a menor condição de eu ir até a rua com essa roupa de festa, vestido longo... Não rola mesmo.

Combino com Ethan de ele tomar um banho rápido e me esperar que passarei em minha casa o mais rápido possível e voltarei para buscá-lo de Uber, e então iremos até o Centro. Ele se anima, me pega pela cintura e só pede uma coisa:

— Não demora, quero conhecer sua cidade, mas não quero desgrudar de você um segundo.

E só um pedido dele para me fazer tomar o banho mais rápido do mundo, me vestir na velocidade da luz e levar apenas quarenta minutos fazendo tudo isso em um bate-volta insano até minha casa. A sorte é que o Catete não fica longe de onde moro, então acho que consigo cumprir a promessa de estar aqui o mais rápido possível para vê-lo novamente.

Capítulo 3

RIO, EU TE AMO

Chego em casa e percebo que não podemos contar com a sorte sempre. Aquele vestido que fui imaginando usar, porque seria perfeito para um passeio no Centro em julho, está para lavar. Esqueci completamente, viver entre Rio e Macaé, na verdade mais lá do que aqui, faz com que eu me perca completamente no que deixei por lá e no que trouxe para lavar aqui. E, no final das contas, nem deu tempo de jogar nada na máquina.

Estranho que minha mãe não mandou mensagem alguma, antes ela me ligava sempre, estava sempre preocupada enviando vários áudios, mas, desde que conheceu o Roger, não para em casa. Vejo que ela deixou um post it em cima do meu laptop: "Não dormirei em casa. Espero que o casamento tenha sido ótimo. Te amo, mamãe".

Mesmo sem conhecer esse cara direito, fico feliz em saber que ela parece estar se dando bem com ele e tem sorrido bem mais. Isso faz com que não me sinta tão culpada em tomar os próximos passos que preciso em minha carreira, que são definir na empresa onde será minha base de trabalho, porque, se for promovida, talvez seja enviada para outra cidade, então os planos de morar sozinha e me sentir culpada por deixá-la aqui triste não seriam mais um problema.

De uma coisa vou sentir falta: de pegar emprestadas as roupas da minha mãe. Ainda que ela pese um pouco menos que eu, muitos vestidos caem perfeitamente em mim. Abro a porta do armário de minha mãe, que sempre me salva nessas horas e pego o vestido preto dela, aquele que mais amo e que vai ficar perfeito para o passeio que faremos hoje.

Entro no banheiro e me dispo, o cheiro do Ethan ainda está no meu corpo e tirá-lo só não me dói porque sei que em breve vou voltar a tê-lo em cada parte de mim novamente. Enquanto deixo que a água bata nas minhas costas, fico pensando em quão lindo foi ele ter vindo para o Brasil me fazer surpresa. Eu seria incapaz de manter esse segredo por tanto tempo e, pensando bem, pode ser esse o motivo de nas últimas semanas ele ter evitado falar comigo.

Enrolo o corpo na toalha e verifico o celular, Juli mandou fotos dela com o gato francês e estou aqui prestes a encontrar meu gringo também. Quem diria que nós duas seríamos felizes importando macho. Dou risada do que acabo de pensar.

Tento resumir para ela minha noite, e explicar que ele está aqui. Gravo um áudio contando tudo que aconteceu desde o casamento. Quando digo em voz alta, eu mesma pareço não acreditar que estou prestes a sair desse apartamento e encontrar com o barista que conheci em Nova York, pelo qual me apaixonei e, que após mais de um ano, veio me visitar no Brasil! Isso parece coisa de filmes da sessão tarde ou livros clichês, daqueles que já sabemos que o autor jamais vai ter coragem de separar o casal no final porque senão avaliaríamos mal no Skoob.

Mas não é filme, eu jamais imaginaria esse roteiro e muito menos sou eu quem estou na direção para definir o que acontecerá daqui para frente. Por mais que tente não pensar em futuro, os medos invadem minha mente e luto arduamente para focar no agora.

Eu me arrumo rapidamente, calço umas sapatilhas, tento não exagerar na maquiagem, e pego um casaquinho leve, sem esquecer de enfiar uma echarpe na bolsa. Carioca que é carioca sabe que julho não é um mês para brincar com nossa imunidade e está bem friozinho. Ainda tem ar-condicionado em qualquer lugar que se entre, o que pode piorar todas as rinites que me acompanham há anos.

Quando me olho no espelho, me sinto confiante, feliz e amada, efeitos desse cara que chega do nada e que já me leva a querer ficar grudada nele, mesmo sabendo que esse conto de fadas tem grandes chances de não ter o clássico "e foram felizes para sempre".

Chamo o Uber e, por um milagre, o cara não cancela a corrida. Se há uma coisa que sempre acontece comigo é o motorista cancelar a corrida, ou quando chamo está faltando menos minutos e, quanto mais perto ele deveria estar de me pegar, mais minutos levam. Vai entender...

No trajeto, lembro-me de olhar que horas fecha a Confeitaria, e vejo que é somente às cinco da tarde, então dá tempo, porque são quase três. Mesmo assim, peço para Ethan descer e me esperar na porta do hotel.

Quando o carro se aproxima, ele está tão lindo que me pergunto como pode ele parecer ainda mais irresistível cada vez que vejo esse homem? Ele prendeu os cabelos em um coque e colocou uma camisa polo azul e calça jeans. Em qualquer pessoa, essa seria uma roupa normal, mas, em se tratando de Ethan, cada detalhe fica perfeito, como se fosse desenhado para me fazer desejá-lo o dia inteiro.

Quando entra no carro, a primeira coisa que faz é ver que estou sem cinto de segurança.

— Charlotte, pelo amor de Deus, coloque o cinto de segurança, você veio até aqui sem? — ele diz, desesperado, enquanto apalpa o banco procurando pelo cinto abdominal e me entrega.

— Ethan, está tudo bem. Se batermos em algo o carro vai explodir, então é melhor ser jogada para fora — digo, para espanto dele.

— Você está louca? — Ele prende o cinto, como se chamasse a atenção de uma criança, e não se toca do que acabei de fazer.

— Ahá, fala de Phoebe para Ross em Friends quando ela está com o táxi e ele reclama que não tem cinto de segurança. Você não andou vendo meu seriado favorito? — Pisco para ele, que se toca do que acabei de fazer e parece respirar aliviado por eu não ter enlouquecido.

— Não me lembro tão bem dessas cenas, provavelmente foquei mais nas de romance porque me lembram você. — Ele passa o braço por trás de mim, e me aconchego no cheiro gostoso que sinto.

Acho encantador o quanto Ethan vai prestando atenção em tudo, observando pela janela cada rua pela qual passamos, esse ar turista dele o deixa ainda mais lindo. Volta e meia pergunta o que é cada coisa, e confesso que nem tudo eu tenho vasto conhecimento em explicar com detalhes.

Quando o carro para próximo à Confeitaria Colombo, o motorista avisa que precisamos descer porque na frente não está permitida a passagem de carros. Saltamos do carro e ele segura a minha mão. Andamos então pela estreita rua de paralelepípedo, e paramos bem em frente ao local.

— Aqui é o Centro do Rio? — Ele olha para os lados onde, por ser sábado, o trânsito de pessoas é menor. Ainda assim, há camelôs pelas calçadas e algumas lojas ainda abertas, bem diferente do tumulto de dia de semana que acontece normalmente.

— Sim, e esse é o lugar que você queria tanto conhecer. — Pego meu celular e procuro no Google alguma explicação sobre a Confeitaria. — Aqui está dizendo que tem mais três confeitarias dessa aqui no Rio. Ia morrer sem saber. Bom, essa é a primeira, que foi inaugurada em 1894! Aí dentro tem quatro restaurantes e diz aqui que já foi palco de célebres e inesquecíveis banquetes.

Aproveito para dar uma olhada no cardápio e ver que opções temos, mas Ethan parece maravilhado com outra coisa. Igual criança em loja de brinquedo quando não sabe para onde olhar.

— Amor, o que é isso que passa aqui na frente? — Fico chocada porque, pela primeira vez, ele me chama de amor, mas preciso fingir costume e responder.

— É o VLT, Ethan. É um transporte que introduziram aqui no Rio na época da Olímpiada, eu nunca andei nisso. — Ele olha para o imenso trem que parte com poucas pessoas.

— Incrível, podemos andar nele?

Meu Deus, quem trouxe esse adolescente? Ele não queria vir na Colombo?

— Tudo bem, mas a Confeitaria fecha daqui a pouco, depois vamos nele até o Theatro Municipal então.

Ele sorri tanto que parece que eu disse que o levaria para tirar foto com o Mickey em plena Disney World.

— Sério, é um dos melhores dias da minha vida. Você, esse lugar… Eu nunca saí do país, sabia? Que cidade foda você tem aqui. — Ethan está chamando o Rio de Janeiro de foda enquanto tudo que eu queria era estar onde ele mora. A vida não é justa mesmo.

— Estou amando você estar aqui, mas o Rio é cheio de problemas. Não vejo essa maravilha toda em viver aqui não — respondo.

— Problemas toda cidade do mundo tem. Eu andei lendo sobre a política daqui, sei que não tem muito do que se orgulhar. Mas, por outro lado, só no caminho que fizemos vindo para cá, vi tanto lugar bonito que acho que qualquer dia ruim fica melhor se a pessoa sair para dar uma volta. Nova York é sensacional, eu sei, porque também tive essa impressão quando estive pela primeira vez lá, mas o Rio tem uma coisa mágica, um céu que eu nunca tinha visto, paisagens que nenhum homem construiu… Essa cidade é um presente, Charlotte, você tem noção disso? — ele indaga.

E eu não tinha, a gente nunca acha que nossa cidade é tão especial quando a vê todos os dias. Algumas coisas, que são tão chamativas para Ethan, passam por mim despercebidas na correria do dia a dia.

Entramos no salão da Confeitaria, e começo a lembrar de novelas a que assisti com minha mãe e que foram gravadas aqui, também me lembro de romances de época que nunca foram meu gênero favorito, mas que, claro, já li um ou outro e recordo de descreverem salões de chá como os que têm aqui.

Peço à atendente que me ajude a escolher a melhor opção para nós. Como não tomamos café da manhã e já passou da hora do almoço, opto pelo Restaurante Bar Jardim, onde há um buffet à nossa disposição. No local, cerca de dez pessoas ocupam as mesas, e Ethan pede licença para largar a minha mão e se concentrar em tirar fotos de cada pedaço do espaço.

O garçom vem até nós e pergunta se já escolhemos a mesa. Indico a que gostei, caminhamos até ela e ele informa que podemos ficar à vontade.

— Sejam bem-vindos à Confeitaria Colombo, aqui vocês podem se servir o quanto quiserem no buffet à frente. Nosso salão dispõe de charmosas mesas do século passado, há música ambiente para entrarem no clima de nosso chá da tarde e, se precisarem de mais alguma coisa, basta me chamar. Meu nome é Aurélio. — Ele puxa a cadeira para eu sentar.

Ethan fala um "obrigado" carregado de sotaque, e traduzo tudo que ele acabou de dizer.

— É lindo, não é? — ele me pergunta, enquanto observa os lustres imensos.

— É, sim, mas a companhia ajuda muito.

Ele sorri e segura a minha mão.

— Agora você falou algo que concordo muito. Acho que o convívio vicia.

Minha barriga ronca alto, acabei de ouvi-la, e tenho certeza de que ele também percebeu.

— Vamos no buffet? — Ele se levanta e me puxa, segura na minha cintura e diz no meu ouvido: — Depois podemos ir no teatro e voltar para o quarto. — Só isso já me anima tanto por dentro que preciso me desligar das vontades de meu corpo para conseguir caminhar. Dou um passo para trás, caminhando até a imensa mesa de buffet, antes que mude de ideia e o agarre, fazendo rolar *croissants* para tudo que é lado. Na certa, seríamos expulsos.

Sirvo meu prato com torrada Petrópolis, pego três pães de queijo e manteiga e, enquanto ele se serve, vou até a mesa deixar o prato e buscar meu chocolate quente. E só o cheiro já está me deixando com água na boca.

Ethan capricha no prato dele, parece uma montanha de comida, e ele ri quando compara os nossos.

— Acho que dei uma exagerada. O que é isso? — Ele aponta para o pão de queijo

— É algo que só tem no Brasil, e que duvido que você consiga comer um só — tento convencê-lo, o que não é nada difícil, pois ele o morde com vontade.

— Isso aqui, isso devia ser vendido em qualquer país. Que negócio bom! — Ele ataca o resto do pão de queijo que deixei no prato dele. É engraçado ver que nunca comeu algo que é tão tradicional para nós.

Ficamos calados por alguns minutos até acabarmos com tudo que há em nossos pratos. Ele começa a falar, enquanto termino de saborear o meu chocolate.

— Amor, eu ainda não acredito que consegui vir para cá. — Ele segura minha mão e faz carinho nela.

— Imagine eu que nunca imaginei que você faria essa surpresa — respondo.

— Quando você foi embora, nada mais tinha a mesma graça, o sentimento que fiquei era de que minha felicidade tinha entrado naquele avião. Falar com você era difícil demais, eu desligava chorando, porque estávamos longe demais um do outro, e eu não podia fazer nada para mudar isso — ele diz, olhando nos meus olhos cheios d'água.

— Ah, Ethan, só eu sei como lutei para não me envolver com você justamente por isso. Na hora da viagem parece tudo lindo, mas a gente sabe que acaba, que tem prazo de validade, e sempre me protegi contra tudo isso porque sabia que seria muito sofrido — comento, demonstrando que fui vencida por esse sentimento muito mais forte que eu.

— Eu também fui ingênuo, achando que o tempo diminuiria a saudade, mas, a cada festa que ia, a cada casal que encontrava, só conseguia pensar em você. Cheguei a achar que te via em vários momentos. E quando chegava perto a pessoa nem era parecida contigo, achei que estava alucinando até.

— Bom, se isso for melhorar sua situação, eu te confundi quando estava em Nova York com um cara no metrô. — Rio, lembrando desse momento.

Ele agora parece tenso. Solta minha mão e fala como se estivesse dizendo em voz alta para si mesmo, sem olhar nos meus olhos:

— Você é a única pessoa para quem eu nunca menti na vida. Juro por Deus. Confio em você mais do que qualquer um no mundo. Você sabe todos os meus segredos. Adoro seu sorriso. — Então ele olha para baixo, parecendo hesitar.

— Essa eu sei, sempre vejo os filmes da Jennifer Aniston mais de uma vez. É de Esposa de Mentirinha, o Adam Sandler diz isso para ela — respondo, animada, sem que ele retribua na mesma animação.

— Decorei essa fala para dizer pra você, mas ela não é totalmente verdade. — Quando ele diz isso, parece que enfiaram um punhal no meu peito.

Sinto um embrulho no estômago por conta de tudo que comi agora. Meu rosto está pegando fogo, mas não estou com raiva, pelo menos não ainda. Nesse momento estou nervosa com o que ele quer dizer com isso.

— O que aconteceu, Ethan? — Ajeito minha postura e cruzo os braços, já esperando pelo pior. Olho para a boca dele e me lembro do título de um livro que acho que virou filme depois, mas que ilustra perfeitamente o que sinto agora: *Eu receberia as piores notícias dos seus lindos lábios.*

— Realmente não sei como foi sua vida aqui nesse tempo. Não sei nem se tenho coragem de perguntar e ouvir o que não quero. Mas faço questão que saiba o que fiz do dia que embarcou para o Brasil até minha chegada aqui — ele fala, ainda sem explicar o que quer dizer para mim.

Respiro fundo, lembro-me das palavras de minha melhor amiga de que não somos namorados. Todas as vezes que ela me incentivou a sair e conhecer outras pessoas, ela me lembrava que éramos ficantes com pouca chance de dar certo pela distância. Que direito eu tinha agora de cobrar algo dele? Não éramos namorados, nunca definimos com todas as letras o que somos um para o outro. Para ser sincera, na minha cabeça, talvez a gente só se encontrasse muitos anos depois e já estaríamos casados com outras pessoas e lembraríamos daquela viagem com carinho.

Eu preciso ser madura, sou uma mulher de vinte e sete anos. Seguro-me para não ter nenhum descontrole.

— Ethan, tudo bem, me conte o que houve e serei sincera com você como sempre fui — é só o que consigo responder.

Em segundos, que parecem séculos, ele começa a contar.

— No final do ano passado, fui à uma festa de uma Irmandade com um grupo da faculdade. Nem era da minha faculdade... mas, final de ano é sempre deprimente, eu não tinha grana para visitar meus pais, passaria o Natal sozinho porque os rapazes tinham viajado para ver as famílias, e eu estava fazendo hora extra no Starbucks para juntar grana junto com os shows que estava tocando por fora para poder ver você. — Ele dá uma pausa. Toma um gole da água que está em cima da mesa e passa a estalar todos os dedos, para continuar contando. — Eu estava muito mal com tudo. E acabei indo para essa festa uns quatro dias antes do Natal e enchi a cara.

Ele não diz mais nada. Eu fico esperando, e ele parece programa de auditório que mete um intervalo quando vem a melhor atração.

— Pelo amor de Deus, você pode contar até o final antes que eu infarte de curiosidade? — peço.

— Eu não lembro de muita coisa, o que lembro é que fomos eu e o Richard, que trabalha comigo, até essa casa onde tinha uma festa e ele conhecia todo mundo, ele estava com uma garota e me sentei em um canto do sofá enchendo o copo a noite inteira para ver se o tempo passava mais depressa. Quando estava muito enjoado, fui até o lado de fora da casa e sentei em uma cadeira na varanda. Uma moça veio, sentou do meu lado e, enfim, eu estava bêbado, ela também não estava sóbria, não lembro nem se conversamos algo, mas sei que nos beijamos — ele diz, e aquilo que achei que seria natural ouvir é como se eu tivesse recebido um tapa no meio da cara.

— E o que mais, Ethan? Vocês ficaram outras vezes? — No fundo, não tenho direito de fazer essas perguntas, mas elas saem, e torço para não ouvir mais coisas que vão me magoar.

— Não, na verdade ela me deu um tapa na cara, porque, quando a gente estava se beijando e... enfim, as coisas indo para outro lado, eu a chamei pelo seu nome. — Ele abaixa o olhar, rói as unhas e fica tremendo as pernas, indicando que está nervoso.

Na minha cabeça, converso comigo mesma que foi só beijo. Mais de um beijo. Eles iam transar, mas não transaram. Que não sou namorada dele. E que devia ter saído distribuindo beijos por aí para deixar de ser tonta.

— E você nunca mais a viu? — Controlo minha raiva, num misto de decepção que preciso fingir não estar sentindo.

— Não sei nem o nome dela, mas ela tinha um irmão que achou que eu tinha passado a mão nela e me deu um soco. Saí cambaleando da festa para casa, e se a encontrar na rua nem sei quem é — ele explica.

Sei que pareço a pior pessoa do universo, mas adorei esse irmão da garota, poderíamos ser amigos e eu lhe enviar uns chocolates de agradecimento. Por mais que eu tenha zero direito de me meter no que ele tenha feito, não aguento e sigo perguntando.

— Foi só ela então? Bom, eu sei que não somos nada um com o outro, mas não vou mentir que ouvir isso não me magoa. Eu tento bancar a madura, mas não combina nada comigo ouvir o que você fez com outra mulher e não sentir absolutamente nada. — Tento beber mais do chocolate quente, mas percebo que acabou e não tenho muita força para levantar. Estou me sentindo uma imbecil, uma fraca de estar fazendo essa novela toda por causa de um beijo, talvez eu esteja sentindo mais porque não tinha beijado ninguém nesse tempo todo.

— Charlotte, eu não podia esconder isso de você. E somos, sim, algo um do outro, senão eu nem estaria aqui agora. Gastei todas as minhas economias para estar aqui. Nem passaporte eu tinha, eu não sabia nada sobre vistos, mas me esforcei para ver seu sorriso novamente. Não conseguiria acabar o ano sem vê-la. Não significou nada, e nem sei o nome dela — ele se justifica.

Por que toda vez que ele fala algo tem que me deixar ainda mais apaixonada por ele? Que inferno isso! Porra de homem perfeito.

Pego uma colher que está na mesa e fico passando de uma mão para outra. Ele observa e entende o quanto estou tentando me controlar. Não posso sair dizendo besteiras assim. Não posso culpá-lo por um beijo bêbado em uma desconhecida. Quem nunca?

— Eu que lhe devo desculpas. Sou ciumenta, quando não tenho direito de ser. Sou possessiva, insegura e... louca por você. Essa é a verdade. E isso me incomoda muito porque somos um casal de incertezas, quando o que mais amo na vida é ter segurança. — Paro de mexer na colher e o encaro.

Ethan morde os lábios e, em seguida, passa as mãos nos cabelos. Ele se levanta e estica a mão para que eu a pegue.

— Amor, vou lutar para ficarmos juntos, não sei como, a gente vai achar essa solução, mas o final da gente não vai ser separado. Tenho certeza — ele diz, e seguro a mão dele para me levantar.

— Não sei como você pode ter certeza disso, mas vou me desligar um pouco da vida real e seguir com essa sua cabeça sonhadora, gringo! — brinco com ele.

Quando estamos em pé, nos dirigimos até o caixa. Puxo o cartão da carteira e faço questão de pagar, mas ele não aceita.

— Eu convidei. Eu pago — ele diz, afastando o cartão e minha mão que o segura.

— Ethan, aqui não é muito barato, você já gastou uma grana vindo aqui. Deixa eu pagar o meu então — insisto.

— De jeito nenhum. Juntei dinheiro para esse momento. E depois, o dólar vale mais do que o real, não estou tão pobre assim por aqui — ele diz, e não tenho argumento melhor. De fato, o dólar sobe a cada dia. Se eu converter, sento e choro.

Na rua, o tempo fecha, há muitas nuvens no céu e o vento indica que tem chuva vindo. Enquanto Ethan parece concentrado em observar cada detalhe enquanto andamos, perco-me em pensamentos e fico me sentindo culpada de ter demonstrado tanta irritação com o que ele acabou de me contar.

Quando chegamos na esquina, vemos a estação do VLT. Aponto para lá e chamo a atenção dele.

— É ali que devemos ir para pegar o VLT, com o qual você se encantou tanto, e eu, admito, nunca andei na vida — aviso.

— Então vamos lá. — Ele me puxa, e ficamos embaixo do abrigo da parada de mesmo nome da Confeitaria, "Estação VLT Colombo". Olho o mapa para ver para que lado devemos ir e onde saltar.

— Ethan, aqui, Cinelândia, lá a gente anda um pouco e já vai dar para ver o Theatro Municipal. — Aponto, no mapa, para o local onde desceremos.

O trem logo chega, e a sensação de estar descobrindo minha própria cidade com ele é estranha e ao mesmo tempo maravilhosa. Uso muito o metrô para ir do trabalho para casa, mas nunca tinha entrado aqui. Uso meu Riocard para poder pagar minha passagem e, já que ele está distraído, aproveito para comprar a dele. Odeio que ele fique pagando tudo. Sou extremamente orgulhosa com essas coisas.

O frio do vagão me deixa arrepiada. Escolhemos um lugar bem ao centro para sentarmos onde a visão é melhor e, como turista do local onde nasci, junto com meu gringo, fico admirando o percurso.

— Quanto te devo da passagem? — ele pergunta, colocando o braço em volta de meus ombros, onde me aconchego.

— Nem vem, foi baratinho, vamos mudar de assunto. — E, como estou sempre dando um passo à frente, me pego imaginando que deveria ter olhado o que tem no Municipal hoje, porque se dermos com a cara na porta vai ser um flop total.

O VLT vai parando em suas estações e, quando me distraio, Ethan beija meu pescoço.

— Se continuar fazendo isso, nada de Theatro, vamos direto para o hotel novamente — ameaço.

Ele faz uma cara de safado e diz, pertinho da minha orelha:

— Olha que eu trocaria facilmente — responde.

Vontade não me falta, mas quero mostrar a cidade para ele, uma semana só é muito pouco para conhecer o Rio, e nem estarei aqui por quatro dias da semana, e não sei o que ele ficará fazendo nesse meio tempo.

Quando meu celular toca, sei que é minha mãe. Só ela ainda me liga.

— Oi, mãe, já está em casa? — Faço sinal para Ethan parar de beijar meu pescoço para eu conseguir me concentrar e falar com ela. Mesmo contrariado, ele se afasta por uns minutos.

— Estou, e você passou aqui em casa, mas não deixou nenhum bilhete. Como foi o casamento? — Então me toco que ela não faz a menor ideia de com quem estou e tudo que aconteceu da noite de sexta para agora. Bom, nem eu poderia imaginar isso.

— Mãe, é uma longa história, mas... resumindo... o Ethan está no Brasil, aqui do meu lado, e estamos passando o final de semana juntos — informo.

Ela dá um berro do outro lado. De alegria, graças a Deus.

— Ah, que máximo. Posso fazer um jantar para conhecê-lo. O que acha? Vocês estão vindo para cá? — ela se empolga.

— Não, mãe. Não pira. Não falamos sobre ele te conhecer. A gente veio ao Centro, fomos na Colombo e ele quer conhecer o Municipal agora. Mas devo ir para o hotel dele depois. Não falamos sobre isso ainda — respondo.

— Pelo amor de Deus, minha filha. Eu preciso conhecer esse rapaz. Programe direitinho o que quer que eu faça, mas convide ele para vir aqui. Aproveite, mande um beijo para ele e diga que estou muito feliz que ele veio para cá. — Minha mãe do nada se transformou na melhor amiga do Ethan, ela tem mania de dizer que ele me fez bem. Sabe-se lá o que ela quer dizer com isso.

— Mãe, vou ver, ok? Lá nos Estados Unidos é diferente. Ninguém mora com os pais na minha idade. Eu nunca vi os pais dele — tento explicar.

— E você é americana por acaso? Bom, você é sul-americana, aqui a tradição não é assim. Qual o problema de conhecer a mãe? Eu hein? — ela não para de falar.

— Tudo bem, mãe, depois a gente conversa, preciso descer aqui do VLT. Beijos, te amo. Tchau.

Ela segue falando, mas me manda um beijo, e eu desligo.

A estação da Cinelândia chega, e me levanto, avisando a Ethan que chegamos. Assim que descemos do VLT ele para e me faz a seguinte pergunta:

— Era sua mãe, no telefone? — Ele entende pouco o português, mas sei que sua amizade com Jesus o faz entender muitas palavras em espanhol, principalmente as canções que ele ama e decora. Deve ter entendido que falei com ela.

— Era sim, esqueci de avisar que você estava aqui. Quer dizer, na verdade tudo tem acontecido tão depressa que nem tive tempo de contar a ela, quando passei em casa ela não estava. Minha mãe está namorando, eu não te disse? — Trocamos tantas mensagens durante esse intervalo separados, que nem recordo o que dividi com ele ou não.

— Sim, chegou a falar um dia. Fico feliz que ela esteja bem. Quando vou conhecê-la? — ele pergunta assim, na lata, sem tempo para que eu respire.

— Não sei, vocês parecem ter combinado de me cobrar isso. Ela quer te conhecer, mas... é um passo grande. Eu não conheço seus pais — digo isso com a certeza de que falei bosta, de que é uma desculpa imbecil, já que eles moram em Duluth, e fiquei poucos dias no país dele e nunca nem visitei esse lugar.

Ethan então pega as minhas mãos, estou de frente para ele com as mãos dadas e o ventinho gelado do Centro batendo nas minhas pernas. Se fosse em um dia de semana, seríamos atropelados, mas hoje o cenário é de poucas pessoas, o que faz com que eu e ele consigamos ficar ali parados quase no meio da rua, recém-saídos da estação de VLT e nos olhando.

— Você disse que não sabe o que somos um do outro. Mas eu sei o que quero que você seja para mim: minha namorada. Então, Charlotte Pereira Rizzo, você aceita namorar comigo? — Ethan surrealmente se ajoelha, segurando minhas mãos, e não sei onde enfiar a cara de vergonha.

— Ethan, pelo amor de Deus, levante-se. Eu... eu aceito, Ethan Hewitt, eu aceito. — Só assim ele concorda em se levantar e me dá um beijo, me abraçando em seguida. Eu olho para a rua, ainda assustada com tudo que está acontecendo em 24 horas dele no Brasil.

— Pronto, agora por favor, pare de falar e de se preocupar com o que somos um para o outro. Eu amo você e, desde que te conheci, não paro de pensar na frase do Victor Hugo que diz que "os melhores anos da vida de alguém ainda estão por vir". Eu nunca fui infeliz, mas não sabia o que era ser feliz com alguém até você entrar naquele Starbucks. Até eu te ver vestida de Léa, até esbarrar em você novamente e agradecer a Deus por ser tão descuidado. Foi distraído que conheci quem mais merece minha atenção. — Ele coloca a mão no meu rosto e faz carinho, e encosto lentamente meus lábios no dele, fecho os olhos, e nos imagino em Nova York, novamente vivendo cada dia mágico que passamos juntos naquela cidade.

Mais uma vez, aprendo que quem faz os lugares ficarem especiais são as companhias que temos e as lembranças boas que teremos. O Centro da cidade não era mais o lugar abarrotado de gente que eu não tinha paciência para explorar no horário de almoço, era mais um instante inesquecível desse amor imenso que sinto por esse homem.

CAPÍTULO 9

O MAIOR AMOR DO MUNDO

Vamos caminhando até o sinal e vejo algumas pessoas arrumadas saindo do metrô em direção ao Theatro. Meu medo de que a gente não consiga entrar vai aumentando conforme vou percebendo o movimento maior. Ethan puxa o celular do bolso, me segura pela cintura e me dá um beijo na bochecha, apontando a câmera do celular para a gente. Ele bate uma, duas fotos, e fica olhando a gente no visor.

— Ethan, pelo amor de Deus, guarda esse celular que o Rio de Janeiro não é para principiantes. É lindo, é cidade maravilhosa, mas você pisca e seu celular não está mais na sua mão. Guarda isso — alerto.

Eu nem costumo usar meu celular na rua de tanto medo que tenho desses caras que passam de bicicleta e roubam na cara dura. E lá se iria meu celular novinho, pelo qual mal paguei todas as parcelas, e também minha paz, porque a gente fica cismada com absolutamente tudo depois de passar por isso ou presenciar cenas como essa.

Ele assente, guarda o aparelho, e vamos andando nas instáveis pedras portuguesas até chegar na frente do Theatro. Tem muita gente na entrada, vendedores de balas, cambistas e pessoas com cara de que vão entrar para assistir a algo. Acho que a última vez que vim até aqui foi para trazer minha prima no Natal para ver *O quebra-nozes*. Isso deve ter uns seis anos, pelo menos.

Do nada, Ethan parece animado, ele fica de boca aberta e não diz nada, mas seus olhos brilham, e tento entender se é pela beleza do imenso prédio que ele queria tanto conhecer ou se viu algo mais interessante.

Disfarço, mas percebo que homens e mulheres ao nosso redor olham para ele. Pudera, até de camisa polo ele chama atenção, parece saído daqueles tapetes vermelhos do Oscar, e penso na sorte que tenho porque já vi esse cara pelado. *Foco, Charlotte*. Sinto-me uma desesperada por sexo perto dele.

Ele segura minha mão mais forte e aponta para um cartaz. Nele, há um homem bem bonito de terno com uma mulher de longos cabelos negros e um profundo decote, ambos vestindo preto e os nomes deles abaixo: *Lola & Hauser*. Tenho vergonha de informar que nunca vi mais lindos na vida, mas, pela empolgação de Ethan e das pessoas que não param de chegar, parecem ser muito famosos.

— É destino, amor! Só pode ser. Onde fica a bilheteria daqui? — ele pergunta.

— Na lateral, naquela rua ali, mas você acha que ainda terão ingressos à venda?

Ele nem espera eu acabar de falar e me puxa para lá. Há uma fila, onde há uma placa em que se lê "retirada de ingressos do site" e outra sem ninguém, com um aviso em vermelho: "esgotado".

— Ethan, não tem mais ingressos, podemos tentar semana que vem, olha, está esgotado — explico, traduzindo o que o cartaz diz.

Ele não se dá por vencido. Pega o celular e digita alguma coisa nele. Entendo que está procurando informações sobre novas apresentações deles.

— Último dia hoje no Rio, eles já tocaram ontem aqui. A gente precisa assistir, eu nunca consigo quando eles estão em Nova York. — Ele faz uma cara tamanha de decepção que estou quase roubando os ingressos de alguém da fila e saindo correndo para satisfazer a vontade dele de ver esses dois.

— Olha, tem uns cambistas ali na entrada, eles vendem sempre muito mais caros do que são os ingressos, mas... podemos perguntar. Eles não vão muito para Nova York? — pergunto, curiosa.

— Não, amor, ele é croata, ela é do Uzbequistão. Lola mora nos Estados Unidos, mas não é de Nova York, e eles fazem shows mais na Europa mesmo. Amo os dois solo, mas eles lançaram essa turnê única, juntos. Você não faz ideia de como vê-los seria especial para mim, ainda mais com você — ele fala as palavras mágicas para me convencer de que preciso entrar nesse Theatro com ele.

Por um instante, lembro-me de todos os lugares incríveis que ele me mostrou quando eu era a turista e de como fez de tudo para que eu tivesse os melhores momentos. Chegou a minha vez.

Puxo a mão dele e peço que vá comigo até o cambista.

— Qual setor você tem e quanto custa cada um? — pergunto ao homem, que me mostra os ingressos nas mãos dele.

— Não tenho meia-entrada, tudo inteira. Só sobraram esses dois aqui, torrinha, faço por quinhentos reais cada um. É pegar ou largar — ele avisa.

— Jesus amado, mil reais! Esse tal de Hauser vai ter que sentar no meu colo e o Ethan no colo dessa Lola para valer tudo isso, né? Onde vou sacar dinheiro agora? Lá se vai a grana que estava guardando para comprar meu celular novo.

Eu nem acabo de pensar o que farei, quando Ethan solta minha mão, se vira de costas, e retorna em um portunhol básico:

— Oitocentos "los dós". Dinheiro "bibo". — Ele entrega nas mãos do cambista, que sorri e nos entrega as entradas.

Não sei quanto de café ele andou servindo, mas ele veio preparado para gastar, então me calo e o acompanho, subindo as imensas escadas que antecedem a entrada do Theatro, animado.

Ethan entrega os ingressos, e aí eu já me preocupo se eles são verdadeiros mesmo, porque o cara vendeu e sumiu, mas respiro aliviada quando vejo que o código de barras passa.

No primeiro andar, observo que somos os mais malvestidos, tiro a echarpe da bolsa e coloco nas costas, porque o ar condicionado é bem gelado ali dentro. Ele encosta no corrimão, visivelmente achando tudo lindo. Pudera, é um dos lugares mais marcantes da cidade maravilhosa mesmo.

Uma moça se aproxima e pergunta se queremos comprar o programa da apresentação, eu nem chego a perguntar o preço, porque meu agora oficialmente namorado pega o programa da mão dela e já tira o dinheiro do bolso comprando um para mim e outro para ele.

— Tão mágico aqui né? — Ele me entrega um deles enquanto agradece à moça do jeito mais lindo que alguém com sotaque pode falar "obrigado".

— Sim, vamos fingir que sei da história sem ler o programa e contar um pouco da história do Theatro para você. — Abro e começo a ler o que está escrito: — Um dos mais imponentes e belos prédios do Rio de Janeiro, o Theatro Municipal, inaugurado em 14 de julho de 1909, é considerado a principal casa de espetáculos do Brasil e uma das mais importantes da América do Sul. Sua história mistura-se com a trajetória da cultura do país. Ao longo de pouco mais de um século de existência, o Theatro tem recebido os maiores artistas internacionais, assim como os principais nomes brasileiros, da dança, da música e da ópera... — Paro de falar, porque percebo ele me olhando. — Não gostou da minha leitura?

— É a guia mais linda que já vi na vida.

Ethan me puxa pela cintura, me trazendo para perto de seu corpo, e se abaixa para ficar na minha altura me dando um beijo daqueles que sempre fazem com que o mundo pare. Literalmente, porque só paramos quando somos informados de que precisamos subir para nossos assentos por uma outra moça que trabalha no Theatro. Ela se oferece para indicar o lugar a que devemos ir.

— Terceiro andar, podem usar o elevador, há uma fila logo ali — indica —, ou utilizar as escadas à sua esquerda.

Agradecemos a informação dada. E rimos um para o outro, dando as mãos. Optamos por usar as imensas escadas que levam até o nosso lugar. No caminho, ele pede para que eu pare algumas vezes e tira fotos minhas. Odeio tirar fotos sozinha, fico sem graça, mas como negar um pedido dele? Dou o troco, tiro uma foto dele com meu celular. Como é fotogênico! Nunca consigo me vingar das fotos, porque estou sempre pavorosa e ele parecendo modelo da Calvin Klein.

Boa parte das pessoas já está em seus lugares e ouvimos aqueles avisos sonoros de que irá começar. Nos apressamos e então vemos que nosso lugar é o pior do Theatro. Se conseguirmos ver algo será por um milagre. Os lugares são de lado para o palco, o espaço entre a poltrona da frente e a detrás é muito pequeno. Pedimos licença, e as pessoas precisam sair da fileira para sentarmos em nosso lugar.

Quando nos sentamos é ainda pior. Quem ficava aqui nesses lugares com aqueles vestidos armados? Sinto meus joelhos batendo no balcão à frente, que, por sinal, cobre metade da visão do palco, e olha que nem sou tão baixa assim. Para Ethan a situação é ainda pior, ele fica meio de lado porque os joelhos não cabem atrás do balcão.

Tudo bem, é só uma observação comigo mesma, não chego a comentar nada com ele, que segue encantado sem reclamar de absolutamente nada. Principalmente porque foi ele, coitado, que pagou um valor absurdo por esse péssimo lugar.

— Deve ser incrível tocar aqui, olha esse lugar. É um dos locais mais lindos em que já entrei, amor. — A carinha dele de felicidade faz com que eu nem lembre mais que nosso assento não é dos melhores.

— Um dia você ainda vai tocar aqui, e eu estarei ali. — Aponto. — Te aplaudindo na primeira fileira.

— Quem dera, meu amor. Seria um sonho, você e meu violino, as paixões da minha vida, nessa acústica, nesse cenário...

Ele aperta a minha mão como se imaginasse tudo isso. Aqui de cima não consigo enxergar um lugar vazio, parecem todos ocupados. As luzes se apagam e as cortinas se abrem.

No palco, há um violoncelo, um piano e o um banco, Ethan parece hipnotizado. Ambos nos debruçamos no balcão, mesmo sentados, para poder ter uma visão melhor do palco.

— Geralmente ela toca um Steinway, mas hoje ela vai tocar um Yamaha C7, o Hauser é patrocinado pela Yamaha. Nossa, imagina se eu fosse o garoto propaganda dos violinos deles? — Ethan fica me dando uma aula sobre os instrumentos do palco.

— Você vai tocar com eles um dia, e ser o garoto propaganda da Yamaha, da Stradivarius... — digo, como se fosse perita em marcas de instrumentos. Apesar de ouvir música clássica por causa de meus pais em casa, nenhum deles toca nenhum instrumento, muito menos imaginei namorar um violinista.

Ele sorri para mim, e Lola e Hauser entram no palco, o público todo bate palmas, um pessoal mais empolgado atrás de nós chega a gritar "uhul". E o que vemos a seguir é um dos espetáculos mais lindos que presenciei na vida.

Seguindo o que está no programa, os dois tocam músicas mais populares de trilhas sonoras de filmes e algumas mais clássicas que eu não reconheceria se não estivesse com o nome de todas elas em minhas mãos. A primeira é *Prelude e in E Menor*, de Frederic Chopin. Lola usa um vestido justo ao corpo e scarpin. Nunca imaginei que alguém pudesse tocar com um sapato desses. Ela se senta e ajeita o banco do piano. Esforço-me para enxergar detalhes do vestido dela, que brilha muito, mesmo estando longe.

Hauser se senta na beirada do banco, de lado para o palco. Uma moça do meu lado faz um "fiu fiu" baixinho, que não dá para ser ouvido lá da frente. E comenta com a amiga:

— Ele olha para plateia e a gente já quer tirar a roupa, que homem gostoso!

Se eu não estivesse com Ethan, provavelmente pensaria a mesma coisa, o cara é mesmo um espetáculo por si só.

Fico imaginando se a Lola não é namorada dele, eles certamente formariam um casal lindíssimo, mas eles não parecem ter a intimidade de um casal e sim algo estritamente profissional, por mais que combinem muito.

De sorriso largo, olhando para plateia e em seguida para ela, ele se ajeita, e começam a tocar.

O som deles faz com que o Theatro fique em completo silêncio. Meu pensamento vai longe, tentando me lembrar de onde já tinha ouvido aquela música. Sabem aquelas melodias que todo mundo já escutou, mas dificilmente se recorda do nome ou de quem é, porque já fez parte da trilha sonora de diversos filmes?

Mal consigo piscar com o magnetismo deles em cena. Olho para Ethan e vejo que ele está emocionado, passo a mão em sua perna e me sinto tão feliz de estar fazendo parte de um momento que ele queria viver e ainda não tinha conseguido.

A apresentação segue com músicas como *La La Land*, *The Godfather*, *Love Story* e clássicas como *Für Elise*, de Ludwig van Beethoven, *Nessun Dorma*, e para homenagearem o Brasil tocam Bachianas Brasileiras No. 5, de Heitor Villa-Lobos.

Quando o concerto termina, os artistas são aplaudidos de pé. Levanto com Ethan, que segue extasiado com tudo a que assistiu. Saímos do Theatro junto com boa parte das pessoas.

Para variar, minha barriga está roncando, e passar pela Cinelândia e não parar no Amarelinho é quase um crime, estou sonhando com aquelas batatas fritas.

— O metrô é ali? — Ethan aponta, perguntando.

— É sim, mas a gente pode pegar um táxi ou pedir um Uber, só que está vendo aquele restaurante ali? Eu amo os petiscos deles, podemos comer algo antes de nosso próximo programa? — digo isso e olho para o relógio, já são quase dez horas da noite, nosso próximo programa após comer pode ser eu e ele no hotel novamente, mas só penso, não digo em voz alta.

— Vamos sim, quero experimentar então se é tão gostoso assim. Mas... eu queria andar no metrô daqui para conhecer, podemos?

Meu Deus, quem prefere ir de metrô do que ir no conforto de um carro que nos deixa na porta de onde iremos? Mas tudo bem, ele é o turista, ele é quem manda, pelo menos hoje.

— Combinado. Acho que ali onde é o seu hotel não é perigoso descermos do metrô tarde. — Eu e minha boca, parece que acabei de me convidar para ir para o quarto dele de hotel novamente. Que se dane, minhas intenções são essas mesmas.

Sentamos no Amarelinho, que está lotado. Ele experimenta o chope, que é famoso, enquanto me acabo de comer petiscos. Decididamente, já quero que o relógio pare de funcionar e que esse homem não vá embora nunca. Qual é a novidade nisso?

Capítulo 5

DIZEM POR AÍ

Assim que chegamos ao metrô da Cinelândia, Ethan me faz muitas perguntas durante o trajeto, observando tudo, porque passamos ao redor e não sei responder boa parte delas, já ele quer que eu explique sobre cada lugar como se eu fosse uma profunda conhecedora do centro da cidade, só que para isso precisaria mexer no celular a todo instante para ter ajuda de meu velho conhecido: o Google. Mas não estou com vontade de perder meu celular tarde da noite. O turista é ele, não eu, para dar um mole desses. Mas então, quando finalmente descemos as escadas e estamos dentro da estação, vou até o caixa eletrônico para comprar a passagem dele.

— Amor, lá fora não cuidam muito da limpeza, mas aqui dentro é bem limpo né? E silencioso. Não tem ninguém tocando nas estações? — Ele estranha e compara com o de Nova York, que de fato não faz jus à cidade de tão mal cuidado que é.

— Ethan, se tem algo que é bem limpo e cuidado aqui é o metrô. Eles são bem rigorosos com isso, e tem uma lei que não permite que toque nos vagões, nem nas estações. Amei Nova York, mas lembro que fiquei chocada com a sujeira, com os ratos passando e com os vagões pichados que vi por lá.

É ótimo ter intimidade agora para poder dizer tudo que sinto com ele. Nova York nem é a cidade dele de nascença, mas é a de coração, onde mora. E obviamente tem muita coisa boa por lá, inclusive ele, mas o metrô daqui de fato dá de dez a zero.

Compro a passagem dele no guichê e uso meu Riocard para a minha.

— Amor, você precisa deixar eu pagar as coisas para você — ele diz.

— Olha, eu amo você, mas se é algo que tenho pavor é de alguém pagando as coisas para mim. Trabalho muito para poder pagar o que quero comprar e, depois, você já pagou o concerto caríssimo e nem aceitou que eu dividisse a conta do Amarelinho. Fora a da Confeitaria. Nada disso, me deixe pagar e nada de me devolver a grana — finalizo o assunto.

Ele não fala mais nada, parece enfim ter entendido. O metrô chega assim que nos posicionamos para aguardar na plataforma, que está com poucas pessoas. O vagão tem lugar para sentarmos, e escolho por um longe da saída de ar, pois os novos são ainda mais gelados. Enquanto congelo, Ethan segue de braços de fora, sem parecer se importar com a temperatura.

Ethan me abraça, e estar ali, sentindo seu cheiro, é aconchegante de um jeito que só consigo pensar que ficaria ali por anos, sem me mexer, só envolvida por ele.

— O lugar mais seguro do mundo. É assim que quero que pense sempre que estiver em meus braços. É onde quero que sinta tranquilidade, e que parem as dúvidas — ele diz, e beija minha cabeça.

Levanto a cabeça e olho para os olhos dele, que me encaram com ternura. Digo o que ele não perguntou, mas sinto vontade de informar:

— Eu não fiquei com ninguém. Não beijei ninguém. Não dormi com cara algum. Esse tempo todo, eu nem mesmo tive qualquer vontade. Acho que você precisava saber — confesso.

— Shhhhh. Não me importa. Não porque não sentiria nada se tivesse feito alguma dessas coisas, mas porque tenho certeza de que eu teria continuado a te amar e a ficar junto de você mesmo que tudo isso tivesse acontecido. Então o que me importa é você não ter me esquecido e ainda me amar. — Ele me surpreende. E mais uma vez tento encontrar um defeito nele, um motivo para querer ficar longe, mas ele não me dá essa chance.

— Eu tento, mas a verdade é que, por mais que tenha tentado, falhei miseravelmente em me esquecer de te esquecer — respondo.

É o que basta para que ele me beije, começando pela testa, depois pelo nariz e chegando nos meus lábios. Ajeito-me na cadeira e afasto-me um pouco para poder beijá-lo, recebo beijos delicados, com carinho e vagarosos. Fecho os olhos e permito sonhar ainda mais com o momento que, por si só, não parece real.

Estamos tão concentrados um no outro que quase deixamos passar a estação dele. Levanto apressada e o puxo.

— Vamos, Ethan, a sua estação é aqui. — Acabo saindo do vagão com ele.

— Quem manda você me desconcentrar? — ele brinca.

— Bom, eu posso andar contigo até o hotel e depois volto para casa de Uber — digo isso e, pela sua reação, parece que acabei de xingá-lo, porque ele fica irritado.

— É brincadeira? Hoje é sábado, você não vai me deixar sozinho. Não vou largar você não. — Ele me agarra pela cintura.

— Hum, eu não queria ir para casa mesmo, mas não tenho nada lá no seu hotel, devia ter pensado nisso — falo, sem esconder o quanto estou excitada com essa ideia. — Não tenho nem escova de dentes, será que tem farmácia aberta a essa hora por aqui?

— Você precisa de que, achei que eu bastasse? — ele insinua.

— Não, garoto. Eu preciso de itens de higiene. — Seguro na mão dele e saímos andando.

— Eu tenho um kit extra que deram no avião. Tem escova nova que não usei — avisa.

— Nunca ganhei kit com escova de dentes em avião, você veio de primeira classe? — pergunto, rindo.

— Não, mas a aeromoça me deu e eu aceitei. Vai ver ela gostou de mim. — Ele pisca. Não a julgo, quem não se perde olhando para Ethan?

— Não é só isso. Eu não tenho nenhum preservativo, os dois que tinha já usamos. E não contei quantos você gastou do que trouxe. Precisamos comprar mais, certo? — Se tem algo que me deixa neurótica são métodos contraceptivos. Tomo pílula e faço questão da camisinha. Nada é cem por cento e não quero ter um filho agora, muito menos nenhuma doença.

— Amor, você não precisa se preocupar com isso. O estoque está abastecido. Não vim com pouca coisa, talvez tenha trazido mais camisinhas do que roupas na mala. — Ele faz uma linda cara de safado que me faz ter vontade de pular em cima dele e usar todo esse arsenal agora mesmo. Mas claro que não faço nada disso, estamos em um lugar público.

E então me dou por convencida de que podemos ir direto para o hotel dele. Sem necessidade de passarmos em nenhum local antes.

Assim que saímos da estação no Catete, todas as lojas estão mesmo fechadas, a rua está bem deserta, há poucos carros na rua, e a iluminação também não ajuda muito a manter o bairro seguro. Com sorte chegamos ao hotel, que fica a apenas duas quadras do metrô.

Passamos pela recepção e hoje quem está trabalhando é um senhor muito simpático, que nos atende com um bigode grosso, de estatura mediana, vestindo uma camisa do Vasco da Gama.

— Boa noite, jovens. Posso pedir para a moça se registrar também? — ele pede, entregando-me um papel e caneta.

Ethan pede que eu traduza para ele o que o senhor acabou de pedir. E então se preocupa em saber se precisa pagar mais porque vou ficar com ele. Preencho todos os dados, entrego o papel de volta.

— Preenchido. Meu namorado quer saber se porque eu virei aqui com frequência e passarei algumas noites, ele precisa pagar a mais — pergunto.

— Não, jovens. Mas ele tinha registrado somente uma pessoa, agora está tudo certo. Bom descanso para vocês. No que precisarem, meu nome é Geraldo, eu cuido da recepção à noite, e a senhora Mara cuida nos meus dias de folga.

— Obrigada, senhor Geraldo. Boa noite — despeço-me, e subimos as escadas para o quarto. O prédio tem um elevador antigo, mas, medrosa como sempre, opto pela escada, porque tenho a sensação de que os elevadores vão parar comigo dentro a qualquer instante.

Ethan não reclama de subir as escadas e nem me faz nenhuma pergunta, ele apenas me acompanha e faz sinal para que eu vá na frente dele enquanto busca, no bolso da calça, a chave do quarto.

Quando entramos no quarto, jogo-me na cama de braços abertos, exausta. Ethan se joga em seguida, quase caindo por cima de meu braço direito.

— Viajar cansa, não é? — ele diz.

— Muito. Passear o dia todo também cansa — digo.

— Sabe o que seria perfeito para fecharmos o dia? Eu, você e aquele banheiro apertadinho ali. A água caindo em cima da gente... ensaboados... Aceita?

Como recusar um convite desses?

Ele percebe minha alegria e vai se despindo, verificando se há duas toalhas no banheiro. Aproveito para mandar um áudio para minha mãe:

— Mãe, estou no hotel do Ethan, vou dormir aqui. Está tudo bem, espero que com você também. Nos falamos depois. Te amo.

Ela visualiza e ouve rapidamente. Me manda uma figurinha de uma bonequinha fazendo "ok". Imagino que esteja ocupada com Roger.

O quarto está um pouco gelado, e reparo que há uma fresta aberta da janela. Aproximo-me para fechá-la e preciso fazer certo esforço, porque ela está emperrada. Finalmente ela cede e consigo vedar o vento frio que entra da rua. Olho lá para baixo e vejo que há somente carros estacionados e nenhum transeunte. Perco-me em pensamentos, imaginando que gostaria muito de não ter que acordar segunda de manhã cedo e deixar esse quarto.

Estou sempre sofrendo com minha ansiedade. Longe de Ethan, acho que ela estava mais controlada, agora que ele está aqui não consigo parar de calcular cada passo à frente do que estamos vivendo e sofrer com antecedência porque sei que o tempo juntos é injustamente menor do que o que passaremos separados muito em breve.

Sinto o abraço dele por trás, ele está somente de cueca, mas já consigo sentir que se animou em pouco tempo. Assim como eu, ele fica uns segundos olhando lá para baixo por cima de meu ombro direito, com a cabeça encaixada nele.

— Não estou vendo nada de mais interessante nessa rua do que o nosso banho naquele chuveiro quentinho ali. — Ele aponta para o banheiro.

Tiro a roupa devagar, e ele vai me ajudando, tira meu sutiã e me deixa só de calcinha. Ele se afasta e fica me observando.

— Vou tomar banho de calcinha? — provoco.

Ele então responde:

— De jeito nenhum, só queria apreciar você nela, para poder tirá-la no banho e beijar você aqui. — Ele coloca as mãos no meio das minhas pernas. Não consigo mais responder por mim.

Seguro na bunda dele e tiro sua cueca, vejo tudo aquilo na minha frente e preciso me controlar para não estragar os planos de nosso banho antes que a gente entre nele. Então Ethan finalmente se abaixa, tira minha calcinha e usa a língua de uma maneira que tira o resto da minha concentração. Que ingenuidade pensar que não teríamos mais o que fazer no banho! Meu gringo é criativo, e sabe usar cada canto desse blindex da melhor maneira que pode. E o incrível é que ele sabe minhas neuras com engravidar e respeita, então as brincadeiras terminam em lugares secos onde podemos contribuir com o fim do estoque de preservativos que ele trouxe.

Quem dera todo banho fosse delicioso dessa forma.

Capítulo 6

COINCIDÊNCIAS DO AMOR

Acordo com o barulho do caminhão de lixo na rua. Meu sono sempre foi leve, Ethan, ao contrário de mim, dorme como pedra. Chego a me espreguiçar para saber se ainda posso ficar mais tempo aqui na cama com ele ou se precisamos levantar. Não coloquei despertador algum, fomos dormir com o dia quase amanhecendo.

Alcanço meu celular e noto que a bateria está quase acabando. Merda! Não trouxe carregador, e o celular dele não é da mesma marca que o meu, então preciso passar em casa. Aninho-me no braço dele, e Ethan ronca, nunca tinha o ouvido roncar tão alto, o nariz dele deve estar entupido; dou risada, mas nem assim ele acorda.

Começo a pensar que não terei como fugir das minhas obrigações amanhã, e que ele ficará sozinho por aqui. Se pudesse, pediria alguns dias de férias. Mas acho difícil que meu chefe autorize, estamos no meio de um projeto, só se um milagre acontecesse.

Trabalho na Manteuffel Serviços de Petróleo, o que sempre foi meu sonho. Com sede na Alemanha e com sede financeira nos Estados Unidos, a companhia é a maior do mundo com cerca de sete mil colaboradores no Brasil. Quando enviei currículo, jamais imaginei que me chamariam, passei por um processo de dois meses com muitos testes técnicos para então ser chamada para a equipe de supervisão de base de *well services*, que é a área em uma empresa de petróleo relativa aos poços existentes.

Meu salário ainda não é no mesmo patamar do anterior, mas tenho um plano de carreira bem definido pelos Recursos Humanos, e aceitei fazer parte da estrutura de *Carreira com Mobilidade* em que posso me mudar para qualquer canto do país ou do mundo se a empresa assim desejar e achar que seja benéfico para minha carreira.

A questão é que, quando aceitei tudo isso na minha volta de Nova York, confesso que pensei que eu e Ethan não nos veríamos mais, até sonhei com ele vários dias, mas, como minha carreira foi minha prioridade, não vi necessidade de dividir meus planos com ele. Por isso, enquanto olho Ethan dormindo e não tem nem 24 horas que esse homem maravilhoso me pediu em namoro oficialmente e eu aceitei, já estou me sentindo culpada por não ter contado como anda meu trabalho. E as decisões que tomei nesse ano longe um do outro, apesar de termos nos falado algumas vezes pelo Facetime durante o período.

No fundo, ele acreditou mais na gente, pois sempre me contava bastante coisa, os planos para depois de formado, a turnê que faria, só não disse nada que abordasse a vinda dele ao Brasil para não estragar a surpresa. E agora me sinto terrivelmente culpada por ter omitido, dele, minhas decisões.

Ok, não tenho nenhuma viagem marcada que não seja para Macaé ou Aracaju, a trabalho, nem planos concretos de mudar de estado ou país, mas sei como funcionam essas coisas em projetos. Quando os contratos são firmados, tudo é feito às pressas e temos que estar disponíveis para mudar de endereço a serviço da empresa. Ainda mais eu que não tenho marido nem filhos para ter desculpa de adiar algum tempo a mudança.

Preciso parar de pensar em problemas, e voltar para terapia. Ele não fez nenhuma pergunta, então não escondi nada, não tenho nada concreto. Para de neura, dona Charlotte!

Fico me revirando na cama sem conseguir voltar a dormir, o relógio do celular marca onze horas da manhã. Mando uma mensagem para minha mãe:

> A bateria do celular vai acabar, esqueci de trazer o carregador. Tá tudo ótimo, devo passar aí mais tarde. Beijos.

Desligo o celular para salvar o pouco de bateria caso precise chamar um Uber. Tento não fazer barulho ao levantar da cama, mas ela range. Ethan chega a se mexer um pouco, não sei se por causa do barulho porque ele não costuma se incomodar com sons, mas ele para de roncar e vira para o outro lado. Levanto e vou até o frigobar, pego uma garrafa de água e me sento na poltrona em frente à cama.

O sol tímido se abre e começa a bater na janela, entrando no quarto. Amo o sol do inverno carioca, ele é o calor perfeito que eu queria o ano inteiro, e não aquela sensação de estar mergulhada no caldeirão do inferno em qualquer lugar que estejamos.

Ethan vira para o lado que estou e apalpa a cama como se me procurasse. Acho graça. Ele permanece de olhos fechados e fica tentando me achar na cama, até perceber que não estou nela. Abre os olhos e finalmente me enxerga sentada aqui, admirando-o.

— Bom dia, amor da minha vida — ele diz, e em seguida boceja, se espreguiçando.

— Bom dia, namorado — respondo, acostumando-me com a palavra.

Lembro que em Nova York ele tinha me apresentado como namorada dele, mas não levei a sério, achei que fosse só uma forma mais rápida de não ter que dar explicações para as pessoas de que estávamos ficando. Mas agora que o olho aqui comigo, no meu país... penso no que ele fez ao vir me ver. Não foi como eu, que fui ao país dele e o encontrei por coincidência, ele veio porque queria me ver! E isso muda tudo. Isso faz com que seja sério. E estou quase tendo uma puta crise de ansiedade. Bebo o restante todo da garrafa de água que seguro.

— Tá tudo bem, amor? — Ethan percebe que fiquei em silêncio e depois quase me afoguei com a água da garrafa que seguro. Disfarço, porque ninguém é obrigado a aguentar a *drama queen* que vos fala e suas inseguranças. Preciso voltar para a terapia amanhã mesmo, não posso esquecer.

— Está sim, vamos fazer o que hoje? — desconverso. — O dia está lindo. Abriu um sol — tento disfarçar, e as palavras saem da minha boca sem combinarem comigo. Eu não gosto de sol, e dias lindos para mim são sempre nublados, mas pelo menos é inverno e isso já faz com que os dias fiquem infinitamente melhores.

— Praia, praia de Copacabana. Quero tanto conhecer. — Ethan deve ter lido o Manual da Gringolândia, e fez um checklist. Praia de Copacabana em um domingo, era tudo que eu não queria para hoje, deve estar uma beleza nesse horário.

— Essa praia é mais bonita à noite. A gente pode ir caminhar na orla mais tarde. O que acha? — tento convencê-lo.

— Podemos ficar até a noite por lá, assim aproveitamos bastante. Achei ótima sua ideia. Eu trouxe roupa de banho, você tem maiô? — Ele se levanta animadíssimo e abre a mala para me mostrar o que trouxe.

Por mais lindo que seja, Ethan é muito padrão. Ele me mostra um short que parece uma cueca samba canção com os desenhos de uma âncora e uma toalha com a mesma estampa, que fala que é a roupa de praia dele. Eu acho que está ótimo para uma criança de seis anos, e já penso que vê-lo em um sungão não seria nada ruim e um bom presente.

— Ah, tudo bem. Eu preciso passar em casa e pegar uma roupa — aviso a ele.

— Sem problemas. Então vamos logo que quero aproveitar muito o domingo ao seu lado. Vou tomar uma chuveirada, colocar logo a roupa e aí saímos. Rapidinho.

Ele entra no banheiro e começo a pensar que em poucos instantes apresentarei Ethan para minha mãe. Que mal fala inglês... e, por isso, servirei de intérprete. Pelo menos só traduzirei as coisas que forem menos sem noção. Que Deus me ajude.

Capítulo 7

O AMOR NÃO TIRA FÉRIAS

Morar no Leme não é a mesma coisa que morar em Copacabana, até porque a rua em que moramos é muito escondida, o bairro não é tão famoso Brasil afora, não tem estação de metrô, há menos ônibus, mas sempre acho a praia daqui mais charmosa por ser menos vazia, além do que o Forte do Leme é um charme à parte. Quero apresentar isso ao Ethan. Ainda que atualmente não seja uma frequentadora assídua, pois mal tenho tempo para fazer qualquer outra atividade que não seja trabalhar.

Assim que chegamos de Uber na entrada do meu prédio, explico a ele que minha mãe pode fazer algumas perguntas.

— Ela é curiosa. Se prepare. Ela sabe de você, claro. Mas tem tempo que não tenho nenhum namorado. Bom, avisei que você viria — digo a ele, só não completo informando que ela não atendeu minhas ligações e nem visualizou minhas mensagens no WhatsApp, e que provavelmente está no banho.

Entramos no prédio e aguardamos o elevador. Ethan está animado.

— Você mora perto de Copacabana. Que legal! — Ele cismou com Copacabana, meu Deus do céu.

— Moro, sim, lá tem muita gente na rua, a maioria tem muita idade, já viu aquele filme Cocoon? É tipo isso. — Refiro-me ao filme que passava na sessão da tarde.

— Acho que nunca assisti — ele responde.

— É um bairro de idosos. É como juntar Morgan Freeman, Clint Eastwood, Al Pacino, todos no mesmo bairro. Entende? — tento explicar.

— Ah, sim, lá nos Estados Unidos seria como algum bairro da Flórida, imagino — ele compara.

Saímos do elevador e enfio a chave na porta. Minha mãe costuma ficar na sala vendo tevê quando está em casa, mas nem sinal dela. O celular está carregando em cima da mesa da sala. Ela está por aqui. A bolsa dela está na cadeira.

Peço que Ethan aguarde e fique à vontade. Ele se senta no sofá e fica observando os porta-retratos que tem na mesa de centro. Ouço o barulho do chuveiro e constato que ela estava de fato tomando banho, e por isso não viu a mensagem.

Caminho pelo corredor e vejo a porta do banheiro aberta, que bom que não saí entrando com Ethan, porque minha mãe está no banheiro tomando aquele banho pelando do jeito que ela ama, por isso tudo aqui dentro está esfumaçado. Antes que eu fale algo, me aproximo do box e só então vejo um homem de costas se ensaboando, sua bunda bem peluda.

Não é minha mãe, é Roger, o namorado dela. Eu devia pedir desculpas e sair ou sair e fingir que nem entrei, mas só faço merda nessa vida, e minha reação é berrar. Eu digo "ahhhhhhhhhhhh", e ele se vira. E aí a situação fica pior ainda porque o box é totalmente transparente e ele olha para mim, eu olho para ele, e essa é a primeira vez que nos vemos oficialmente.

Ethan sai correndo para ver o que houve e já me encontra no corredor de boca aberta. E minha mãe aparece sonolenta, dizendo que estava dormindo, sem entender nada.

— Filha, o que aconteceu? — ela pergunta.

Roger sai enrolado na toalha, visivelmente constrangido. Minha vontade é perguntar se ele não sabe trancar a porta do banheiro na casa dos outros. Mas eu também não devia ter gritado.

— Eu… eu pensei que era você, mãe, no banho. E entrei… aí era ele. E, bom, foi péssimo né?! — respondo. Em seguida traduzo para Ethan, que me abraça percebendo como estou envergonhada.

— Nossa, me desculpe, Charlotte, sua mãe estava cansada, eu acabei esquecendo de fechar a porta do banheiro, moro sozinho há muitos anos, sabe como é, né? Não queria causar esse transtorno todo. De verdade. Ainda mais porque é nosso primeiro contato ao vivo mesmo. Me perdoa? — Ele estende a mão direita enquanto segura a toalha com a esquerda. Seguro a dele rapidamente e retiro a minha.

Minha mãe tenta melhorar o momento.

— Entra, vai, Roger. Coloca uma roupa. E você é o Ethan, como é bonito. Muito prazer. Eu sou a mãe dela, Helena. Como vai? — Ela se aproxima para dar dois beijinhos nele, algo bem carioca. Fico feliz que Ethan retribui sem parecer assustado.

Simpático, ele parece ter decorado responder em português mesmo.

— Olá, o prazer é todo meu. Sua casa é muito bonita. — Ele sorri. Impossível não se encantar com o sorriso lindo dele, quase esqueço da situação vexatória que passei há pouco tempo.

— Fique à vontade. Vou colocar uma roupa melhor — ela diz, e isso eu traduzo para ele. Minha mãe estava de camisola ainda, o que não é nada comum para ela, que sempre acorda muito cedo. Aliás, nunca a tinha visto com aquela camisola rendada e com aquele chambre de seda. Provavelmente comprou por causa do Roger.

Ando com Ethan para o meu quarto, ainda calada e assustada com o que acabei de ver. Definitivamente, ainda não estava preparada para ver minha mãe com intimidade com outro homem assim. Por mais estranho que possa parecer dizer isso em voz alta, acho que senti certo ciúmes. Até porque ela não me disse nada sobre ele estar aqui com ela, e eu jamais trouxe nenhum namorado aqui sem que ela soubesse.

Entro no quarto e sigo calada, pensativa. Jogo-me na cama como se estivesse cansada, já tendo vivido muita coisa para um domingo só. Ethan parece ler meus pensamentos, se senta ao meu lado da cama e puxa conversa.

— Eu não acredito que você ainda não conhecia o namorado da sua mãe. Você me disse que sabia dele, como não o conhecia? — ele quer saber, como se fosse uma espécie de Léo Dias da minha vida privada.

— Sei lá, ele nunca tinha subido, eu tenho ficado muito tempo fora, vai ver ele vinha aqui e eu nem sabia, porque parece já estar bem habituado. Eu o tinha visto pela janela umas três vezes porque ele buzina quando chega, e ela desce, parecendo aqueles casais de filmes da década de quarenta — avalio.

— Pelo visto você também não fez muita questão de conhecer, não é Charlotte? Seria legal você mesma ter incentivado um jantar aqui com ele.
— Sinto que ele está me julgando, e não curto isso.

— Não é bem isso, você não sabe como é minha relação com minha mãe. Ela sofreu muito com meu pai. Não queria que sofresse de novo. Só isso. Acho cedo ainda — tento explicar.

— Ela me parece bem feliz. E, depois meu amor, "quando você percebe que você quer passar o resto da sua vida com alguém, você quer que o resto da sua vida comece o quanto antes" — ele fala, piscando, como se quisesse que eu adivinhasse de que frase é esse filme. Estou tão distante que não conseguiria nem acertar uma frase dita por Rachel Green ou Carrie Bradshaw agora.

— Me ajuda, não consigo pensar em nada — digo, claramente desistindo.

— Harry e Sally, feitos um para o outro. Não acha que é uma frase perfeita para eles? Para nós? Para qualquer casal que se apaixone? — ele me pergunta, e mais uma vez ele tem razão.

Fico pensando no quão infantil estou sendo de querer ser a mãe dessa relação. Não posso proteger minha mãe para sempre. Ela também tem direito de ter uma vida sexual e amar alguém como eu. Se der errado, estarei aqui com meu ombro por ela.

— Ok, você está certo. Vou falar um pouco com minha mãe e colocar a roupa para irmos para praia antes que o sol vá embora totalmente. — Levanto da cama e o abraço, e ele passa as mãos nas minhas costas.

— Vou te esperar na sala para você ficar à vontade com sua mãe. Tenho uma reclamação, apenas. — Fico curiosa em saber qual é. Então ele continua: — Não tem uma foto minha nesse quarto. Como você consegue dormir todas as noites sem olhar para esse rostinho? — ele pergunta.

Se ele soubesse que tinha até pouco tempo atrás, mas minha insegurança fez com que eu a tirasse do mural e a guardasse na gaveta. Não querendo dar mais uma prova de minhas incertezas para ele, desconverso:

— Nunca tenho tempo para comprar o porta-retratos que merecemos, mas está aqui na gaveta, olha. — Mostro a foto abrindo a gaveta. Mandei imprimir assim que voltei para o Rio. Passei muitos dias ouvindo músicas que lembrassem a gente, olhando para essa foto, já matei muitos desejos olhando para ela também. Mas não revelo nada disso.

Ele se dá por convencido, sai do quarto, eu separo minha roupa de praia, não faço ideia de onde enfiei minha canga, que não uso há séculos, minha bolsa de praia não vê a rua há uns bons anos, pelo menos chinelo é algo que uso em casa todos os dias. Enquanto tento caber em um dos maiôs, minha mãe entra no quarto.

— Oi, filha. Quer ajuda? — Ela se coloca atrás de mim e ajuda a fechar o maiô.

— Obrigada. — Eu me ajeito e visto um short por cima. Tento enfiar o peito no bojo, sem que eles saiam pela lateral.

— O Ethan está lá na sala conversando com o Roger, é bom que ele fala inglês bem, então eles se entendem. Sinto muito que você tenha visto o que viu há pouco. Devia ter te mandando uma mensagem, mas bebemos muito vinho e... — ela tenta me explicar.

— Mãe, tá tudo bem. Você está feliz, não está? O Roger está te fazendo bem, você está se sentindo melhor, não anda mais chorando e nem lembra que o papai existe. Isso que importa. Eu já esqueci. Só pede para ele fechar a porta e tá tudo certo.

Passa um filme na minha cabeça com o que o Ethan acabou de dizer sobre o que minha tia me disse lá em Nova York, de que eu precisava cortar o cordão umbilical, e do que meu chefe disse de que em breve mudarei de posição e que não será no Rio, que poderá até ser em outro país, e entendo que preciso deixá-la bem. Preciso aprender a ser mais independente.

Ela abre um sorriso que não lembro de ter visto há algum tempo. E ela me abraça apertado, visivelmente emocionada.

— Eu te amo tanto, filha. Você é meu orgulho. Estou feliz, sim, seu pai e eu somos águas passadas, estou ótima, só quero saber de focar na minha vida, e o Roger é ótimo. O Ethan é um amor — ela muda de assunto. — Ele vai ficar quanto tempo? — ela pergunta.

— Ah, mãe. Só até domingo que vem. Ele me pediu em namoro, mas sabe como é, que futuro pode ter um relacionamento assim? Se eu disser isso, ele quase me mata, e eu amo esse cara, mas não quero ficar chorando todo dia de saudade — me abro.

— Viva um dia de cada vez. Deixe que o destino vá fazendo a sua parte. Se vocês tiverem que ficar juntos, vai acontecer. Escreva o que estou te dizendo, mãe tem sempre razão, minha filha — ela fala. E o meu medo é porque tudo que ela fala de fato acontece na minha vida, tanto para o bem quanto para o mal. O problema é que esperar o destino é complicado. Sou ansiosa. Como faz para ligar para esse tal destino e assistir logo ao último capítulo e saber se tem final feliz?

CAPÍTULO 8

MUITO BEM ACOMPANHADA

A torta de climão é disfarçada com a pressa que estamos para ir para praia, Ethan, na empolgação, não percebe o quanto evito ficar na sala com Roger, ainda me sentindo constrangida pelo que vi. Juro que não mais por ele estar ali com minha mãe, só preciso me acostumar com as coisas. Não quero forçar nada.

Prometo à minha mãe que iremos jantar com eles, para alegria de Ethan, e, com isso, consigo finalmente sair do apartamento. Esqueço-me de carregar o celular e caminho com ele um pouco aborrecida por causa disso.

— O clima está ótimo para praia — diz, enquanto o vento gelado da tarde dá suas caras batendo em nossos rostos, emaranhando meus cabelos e me deixando toda arrepiada. Para ele, deve estar calor, para mim está relativamente frio, e já me arrependo de não ter trazido um casaco.

Seguimos reto na rua em direção à praia, os barzinhos estão cheios, as senhoras andam com seus cães, as bicicletas passam a toda. Ethan vê a orla e se encanta, depois segue uma reta na rua me puxando em direção à praia, sem prestar atenção às pistas como se os carros fossem parar para ele.

Após a primeira freada e o motorista xingando, ele se assusta. Olha para mim e retornamos para a calçada do meio.

— Aqui ninguém para. Aqui ninguém pensa: "vou parar porque posso atropelar alguém". — Rio. — Eles atropelam e nem socorro eles prestam.

Sinto que o assusto, mas é a verdade. Nova York ainda tem uns motoristas mais estressados, mas é comum em lugares com menos carros darem a vez para pedestres, mesmo que não tenham faixas no local. Rio de Janeiro é terra de ninguém, até tendo a faixa eles avançam o semáforo, ainda te xingam porque você não atravessa rápido no sinal fechado. Fora os ônibus que costumam forçar o acelerador para indicar que já estão prontos para passar por cima da gente mesmo, os cariocas que se cuidem.

— Com uma visão dessa, eu jamais viveria estressado. Olha que lugar mágico. Aqui é Copacabana, Charlotte? — Ele fica apreciando de longe, enquanto ainda não conseguimos atravessar a última pista.

— Ainda não, Ethan, por enquanto hoje vamos no Leme mesmo, que é quase Copacabana, que fica mais para lá. — Aponto para o lado direito. — Aqui você vai ver como é lindo também, e vai poder curtir muito a praia que queria tanto.

Quando finalmente o sinal fecha, conseguimos ir para o calçadão. Ele observa o quiosque, solta minha mão como uma criança que chega a um lugar seguro, tira o chinelo e sente a areia nos pés, pulando de alegria.

— Isso é um sonho. Vem, amor, vem para cá também. — Nossa, se ele imaginasse como eu odeio areia! Mas tudo bem, faço cara de felicidade e curto o momento dele, ando com dificuldade na areia fofa, cuja faixa é imensa, até chegar perto do mar. Há relativamente poucas pessoas comparado com um dia de verão, mas mesmo assim há uma quantidade boa de gente.

Ethan não para de andar, e tenho a impressão de que ele vai querer sentar dentro do mar. Não posso nem imaginar entrar nessa água, que deve estar congelante.

— Ethan, aqui está bom, olha... aqui no meio. — Mostro para ele um espaço onde não tem muita gente perto e posso sentar em paz.

Ele concorda e espera eu tirar a canga de dentro da bolsa. Eu a estendo, tiro a camiseta, sento na canga.

— Vou colocar minha toalha aqui. Esqueci o protetor solar, você trouxe? — ele pergunta. E eu tinha trazido, não tinha trazido era barraca. Espero que o sol tímido de inverno com esse vento gelado não me queime.

— Trouxe sim, mas você é bem mais clarinho que eu. Bom, melhor que nada, deixa eu passar em você. — Tiro da bolsa o protetor, e ele se senta na canga de costas para mim. Só de passar isso nesse homem, já quero deitar nessa canga com ele, rolar igual a um bife à milanesa e ser feliz. *Foco, Charlotte, que a praia está lotada de crianças.*

Quando termino com meus devaneios eróticos, e também de passar o que deveria nas costas de Ethan, peço para ele virar de frente, e aí fica ainda pior. Como me concentrar em algo descendo a mão nesse peito e nessa barriga? Alisando esses braços? Ufa, trabalho terminado, mais alguns minutos espalhando protetor nele e acho que a água gelada do mar me cairia muito bem.

Ele me dá um beijão quando termino e definitivamente é o melhor pagamento pelo serviço que não foi nada difícil. Em seguida, ele se levanta e me estende a mão, me puxando para que eu levante também. Fico de pé de frente para ele.

— Vamos mergulhar juntos? Não vejo a hora de nadar nesse mar contigo.

Ele abraça minha cintura. Por mais irresistível que seja, estou congelando ainda com o vento gelado que bate nas minhas costas. Me conheço, e não vou aguentar entrar nesse mar e voltar para esse sol fraco de julho no meio da tarde.

— Você vai ficar chateado comigo se eu não for para o mar agora? A carioca aqui está congelando. — Faço a cara de gatinho do Shrek.

Ele me beija como se me perdoasse e entendesse que não me dou bem com o vento gelado, o mar e toda essa areia.

— Tudo bem, vou tentar voltar o quanto antes para ficar agarradinho aqui com você, amor. Vai ficar bem aqui sozinha? — ele me pergunta.

— Ficarei ótima. Obrigada por todo cuidado que tem comigo. Tenho uma frase para você. "O amor é uma palavra muito fraca para descrever o que sinto" — digo.

— Ah, não, vou perder. Filme americano né? Aposto que se passa em Nova York. Não vale filme brasileiro, aliás preciso conhecer mais filmes daqui, devem ter filmes incríveis filmados no Brasil. Desisto, me fala — Ethan responde.

— Noivo Neurótico, Noiva Nervosa — revelo.

— Ai, não acredito, esse eu vi. Não lembrava mesmo. — Ele parece tentar lembrar da cena que tem essa fala, eu sempre lembro porque já assisti pelo menos umas oito vezes.

— Tudo bem, te perdoo, quanto aos filmes nacionais, eu te apresentarei meus favoritos, agora vai lá mergulhar antes que eu congele aqui porque, se o sol for embora, eu morro — aviso.

Ele me dá um beijo rápido, e sai correndo em direção do mar, fico olhando para ele de costas, correndo, e me sinto num daqueles seriados de homens de corpos sarados sem nenhum defeito. Como faz para parar de querer esse homem um segundo pelo menos?

Reparo que ele nada muito bem, diferente de mim, que no lugar dele já teria levado pelo menos uns três caixotes. Sento na canga e me acomodo da melhor forma, fico observando de longe, curtindo as ondas, pego meus óculos de sol que estão na bolsa e os encaixo no rosto. Passo a encarar o sol com as mãos apoiadas para trás na canga.

Sinto alguém jogar areia em cima da minha mão direita. Sempre me pergunto qual é o problema das pessoas em respeitar o espaço das outras na praia. Abro os olhos, já pensando em reclamar e, quando olho para cima, deparo-me com a Juli.

— O que você faz aqui? — pergunto, sem entender nada.

Juli está de calça jeans, segurando as sandálias nas mãos e usa uma camiseta de florzinhas com uma bolsa a tiracolo. Não está com cara de que estava andando na praia. Ela se senta do meu lado na canga.

— Vim atrás de você, né, doida. Sumiu o final de semana inteiro. Fiquei preocupada — ela exagera.

— Não sumi o final de semana inteiro, eu te mandei mensagem, disse que o Ethan tinha aparecido. Ele vai ficar pouco tempo, eu tinha que ficar com ele — explico.

— Ah, mulher, me desculpa. Mas você sempre me informa de tudo, de repente some, até em Nova York me dava as atualizações desse romance, de repente seu celular só dá fora de área e você não vê uma mensagem minha. Fui logo na sua casa ver se você estava viva — ela revela, para meu espanto.

— Você foi na minha casa? E falou com minha mãe e com… o namorado dela? — pergunto, assustada.

— Falei sim, com aquele coroa todo bom? A tia tá passando bem, né? Pegou logo o clone do Richard Gere, imagino os dois no quarto, ele deve chamar ela de Vivian e ela deve se vestir de uma linda mulher. Eu não ia querer outra vida, a pele dele está ótima — ela diz o que pensa do namorado de minha mãe.

— Juli, dá um tempo. Você está falando da minha mãe. Não é uma visão muito legal imaginar ela transando com outro cara, né? Até porque vi o cara nu uns minutos atrás. Cheguei em casa e esse homem estava tomando banho de porta aberta. Foi péssimo. Você nem imagina… — recordo.

— Ah, imagino. Tem gente que dá uma sorte. Vem namorado gostoso de Nova York e fica dando o final de semana inteiro e ainda vê o padrasto, que é a cara do Richard Gere, nu. E ainda fica lamentando… — ela diz.

— Ai, garota, olha o que você está falando. Que nojo! Acha que eu sou o quê? A Camila de Laços de Família? E você? Cadê o Pierre? — pergunto

RAFFA FUSTAGNO

onde está o namorado francês dela, com quem sempre passa o dia grudado.

— Tudo bem, desculpa. Só queria descontrair. Pierre está estudando para o Mestrado. Saí para espairecer. E o boy importado, tá onde? É aquele ali saindo do mar vindo em nossa direção? Charlotte do céu. Me perdoa, eu também não ia mais atender celular, ia me fazer de morta, trancar esse homem no quarto, comprar umas algemas, e pedir comida o final de semana todinho. Multiplica, Senhor — ela diz, enquanto vê Ethan saindo da água e sorrindo para mim.

— Garota palhaça. — Rio da cara da Juli se abanando.

Ethan chega perto de onde estamos e se apresenta.

— Oi, sou o Ethan, você deve ser a Juli, reconheço pelas fotos. Como vai? — ele diz, pegando a toalha e se enxugando. Os cabelos pingam soltos, e ele tenta fazer um coque para parar de cair pelos olhos.

— A própria. Meu inglês não é tão bom quanto o da sua namorada, mas o meu francês está cada dia mais afinado. Uma segunda língua é muito importante, né, Charlotte? — ela diz, brincando obviamente com o fato de eu namorar um americano e ela, um francês. Mas acho que Ethan não se toca disso, apesar de eu já ter contado a ele.

— Então, você também foge da praia como a Charlotte? — ele pergunta para Juli.

— Ela odeia um pouco mais, eu gosto de beber uma cervejinha e torrar no sol às vezes, acho gostoso. Já nossa amiga aqui, te ama muito para vir parar de maiô sentada na praia em pleno domingo. Acho que tem pelo menos uns oito anos que não a vejo por aqui. Ela prefere piscina — Juli me entrega. Os dois ficam rindo.

— Ok bonitões, vamos voltar, estou congelando e, pra variar, minha barriga está roncando, a gente não comeu nada. — Ouço o som dela se manifestando.

— Ah não, Charlotte, deixe de ser resmungona, ele não pode vir ao Rio e não comer um biscoito Globo e tomar um mate gelado. Vamos achar um vendedor e pedir agora mesmo. Deu até água na boca — Juli diz isso, e procuro alguém, que passa logo em seguida.

Os famintos pedem dois biscoitos para cada um e dois mates, com aquela "choradinha" digna de carioca. Não dá para ir à praia e não beber mate. Eu amo mate com limão, mesmo no frio. Pego uma parte da canga e coloco nas minhas costas, o sol já foi completamente embora, escondido atrás de umas nuvens.

— Nossa, isso aqui deveria ser vendido no mundo todo, que coisa maravilhosa, como chama mesmo? — Ethan pergunta, maravilhado.

— Mate, Ethan. Mate. É uma erva. Um chá, eu amo muito beber isso. O carioca tem tradição de comer esse biscoito, que pode ser doce ou salgado, com esse mate na praia — explico a ele.

Ele bebe tudo praticamente de uma vez só, e eu e Juli nos olhamos e rimos da felicidade dele em descobrir algo que para gente é tão comum.

— Vão fazer o que depois daqui? — ela me pergunta, enquanto vai se levantando.

— Vamos para minha casa, eu preciso colocar uma roupa mais coberta. Pior que Ethan nem tem outra roupa para mudar lá em casa, mas prometemos que vamos jantar com minha mãe e o Roger. E seus planos, são quais?

— Os meus são tentar tirar o Pierre de cima dos livros, praticamente em transe. Pelo menos um pouquinho, já que amanhã já volto para o trabalho e preciso curtir meu final de semana. Aliás, você vai fazer como com o seu trabalho e ele na cidade? — Juli faz essa pergunta baixinho e em português para que Ethan não ouça, mas ele está distraído mesmo, ainda comendo seus biscoitos e apreciando o mar de longe.

— Amiga, eu tenho que trabalhar. Não sabia que ele viria. Amanhã cedo viajo para Macaé e só retorno na sexta. Pior que ele vai embora no domingo. Tem o Igor e a Luíza que ficaram de fazer companhia para ele. Ele está em um hotel não muito longe, mas não posso deixar de viajar — digo.

— Você pode ficar doente. Todo mundo fica doente — ela fala com sua tranquilidade típica de resolver as coisas.

— Juli, não, sem chance. Eu quis muito esse trabalho, não vou mentir que estou doente a semana toda. Depois alguém me vê aqui curtindo o Rio de Janeiro com ele e sou demitida. Não, de jeito nenhum — digo, decidida.

— Isso é simples. Basta vocês não saírem do quarto. O que não vai ser difícil com esse rapaz, né, amiga? Você dizia que nem guindaste te tirava de cima dele e, pelo que estou vendo, qualquer guarda municipal se aproximando você já está desistindo de estacionar em local proibido — ela usa uma metáfora.

Não respondo mais nada, porque Ethan se aproxima e pergunta se tem algum lixo próximo, ele catou todas as embalagens e os copinhos e está segurando, procurando por uma lixeira.

— Não, infelizmente não temos latas distribuídas na areia, precisa carregar até lá em cima e jogar nas lixeiras no calçadão — explico.

Ele dá um jeito de reunir tudo no copo maior e se arruma para partirmos. Faço o mesmo, levanto da canga e a dobro, guardo dentro da bolsa e vou andando com os dois toda a larga faixa de areia.

Atravessamos as duas pistas, e Juli se despede.

— Tchau, Ethan. Espero que a gente ainda possa sair nós quatro. Eu tenho um namorado, a Charlotte deve ter comentado. Ah, a gente pode fazer uma despedida para você final de semana que vem, que horas você embarca? — ela me surpreende, já programando uma festa para ele.

— Meu voo sai às dez horas da noite. Acho que seria melhor fazermos algo no sábado que vem. Só combinarem, estou à disposição de sua amiga aqui — ele diz me abraçando.

— Combinado, vou conversar com sua namorada e vamos bolar algo. Bom fim de domingo para vocês. Amei nossa praia de inverno, amiga. — Ela pisca, me dá um abraço e corre para pegar um ônibus que acaba de passar.

Ethan fica me olhando. Estou toda arrepiada de frio, ele tenta me aquecer.

— Sua amiga é bem animada, gostei dela — ele diz.

Todo mundo gosta. Ela é exatamente o oposto de mim, não vê problema em nada e sempre me coloca para cima. Como não amar alguém especial dessa forma? Fora que ela me deu uma ideia que não tinha tido, fazer uma reuniãozinha com Igor, Luíza, Juli e Pierre lá em casa pode ser uma boa, um jeito educado de me despedir do que eu não gostaria que acontecesse, mas... vai ser preciso.

Como vou prender esse homem no Brasil? Vou sumir com o passaporte dele? Algemá-lo no meu quarto como disse a Juli? Seria bom se uma dessas alternativas não fosse uma insanidade já em pensamento, imagine na prática!

Capítulo 9
MINHA MÃE É UMA PEÇA

Se eu não estivesse vendo o que minha mãe fez, eu não acreditaria. Entramos no apartamento e é possível ver que ela transformou nossa sala em uma minifesta. Tem comida para pelo menos umas dez pessoas, e meu medo é exatamente esse: que ela tenha chamado um monte de gente sem nem ao menos ter lembrado de me consultar se seria legal ou não.

Ela nos recebe com um sorriso tão grande, que nesse momento não sei dizer se sinto alegria ou medo.

— Voltaram, achei que demorariam mais. Como estava a praia? Gostou do mar? Pedi esses canapés, mas ainda vão chegar outras coisinhas, e esperei vocês chegarem para ver se Ethan prefere comida italiana ou brasileira, a gente sempre pede pizza, mas acho que seria legal ver do que ele gosta. Aqui está o cardápio. — Ela entrega o celular para ele depois de fazer esse monte de perguntas, e nem esperar que ele respondesse.

Do nada, Roger vem com uma toalha e umas roupas, como se morasse aqui há anos. E entrega para Ethan.

— Comprei muita roupa nova desde que conheci a Helena, estava precisando. Sou precavido, essas aqui nem tirei a etiqueta, tem até cueca novinha, essa pode ficar para você. Ela disse que você não tinha trazido roupa.

É surreal, mas o cara combina mais com a minha mãe do que com meu pai. Desde que me conheço por gente que dona Helena adora levar uma blusinha a mais dentro da bolsa, "caso a que está usando suje", ou uma calcinha, "caso fique menstruada". Pelo jeito, meu padrasto fez um enxoval para namorar minha mãe, e meu namorado usar a cueca que é dele, por mais que nunca tenha usado, é bem bizarro.

— Puxa, muito obrigado. Mas não quero dar trabalho. Posso passar no hotel, tomar um banho rápido, trocar de roupa e voltar. É melhor, não é, amor? — Ele me olha, como se esperasse apoio.

— Sim, depois é sua roupa nova, não tem nada a ver, digo, é muita gentileza sua, mas acho que ele pode ir até o hotel e voltar — encerro.

Infelizmente, minha mãe é insistente, e não se dá por vencida. Ela pega as roupas da mão do namorado, entrega para Ethan, e fala com ele como naqueles filmes em que os colonos tentam se comunicar com os indígenas assim que chegam para explorar as terras.

— Ethan, essa roupa pode ser usada por você. Olha, não tem problema. Você, pode usar. Ele, Roger, não liga. Você, fica aqui com a gente por mais tempo, todo mundo feliz. Tem dois banheiros. Charlotte usa o de lá. E você esse. — Ela aponta para o mais perto da sala.

Mediante esse diálogo maravilhoso em um idioma que nem eu sei o que foi, Ethan não questiona mais nada e vai tomar banho. Provavelmente a roupa do Roger vai ficar um pouco larga, mas a altura deles é quase a mesma.

Decido não dizer mais nada, pois também preciso de um banho. Em menos de quarenta e oito horas, tenho um namorado que veio de Nova York me ver, um padrasto nu que já tem um enxoval em minha casa, e o final de semana nem acabou ainda. Que Deus me ajude.

No banho, deixo que a água escorra pelo corpo e fico pensando no trabalho, e em tudo que a Juli me disse. Amo minha amiga, mas ela acha que algumas decisões são fáceis. Não posso jogar tudo para o alto e mentir amanhã que estou doente, arriscando comprometer minha carreira.

E, depois, eu nunca fiz isso, acho errado e me sentiria extremamente culpada. Ao mesmo tempo, não me sinto bem em saber que Ethan veio me ver e passarei a semana em outra cidade, deixando-o sozinho no Rio. Eu queria poder lhe dar o máximo de atenção que conseguisse. Amo estar junto dele, sentir seu cheiro, ver o rosto dele feliz descobrindo a cidade que, para mim, já não tem mais esse encanto todo. É tão gostoso ver essa alegria genuína.

Desligo o chuveiro, enrolo-me na toalha, e fico pensando no nada com o banheiro todo embaçado. Minha mãe bate na porta.

— Vai demorar ainda, filha? Ethan disse que quer comer estrogonofe, como você também ama vou pedir isso, ok? — ela pergunta sem entrar.

— Tá ótimo, mãe, já estou saindo — respondo. E então me toco que se ele já escolheu é porque demorei demais no banho e o coitado deve estar fazendo sala para o Roger e para minha mãe.

Visto minha roupa o mais rápido que consigo, mal penteio os cabelos, prendo-os em um coque e espalho uma base no rosto para disfarçar as olheiras de cansaço.

Quando chego na sala, Ethan está todo sorridente com Roger, falando sobre basquete. Parece que ele ama também, assim como meu namorado. Que bom que não o estão sabatinando com perguntas inúteis.

Eu me jogo no sofá ao lado dele.

— Amor, sua mãe disse que esse filme aqui faz muito sucesso, que esse comediante é tipo o Jim Carrey de vocês. Chama-se Paulo Gustavo. Ele faz filmes sobre mães. — Ethan me mostra na tevê o filme *Minha mãe é uma peça*.

— Sim, ele é maravilhoso, mas não sei se as piadas dele terão muita graça para você que não é brasileiro. Será? Ele faz uma mãe que tem cuidados com os filhos, baseada na mãe dele. Você viu se tem legenda em inglês? Já vi esse filme umas quatro vezes, eu morro de rir em todas. Esse cara é mesmo ótimo — confirmo.

— Tem sim, amor. Ah, eu estava louco para ver um filme aqui do Brasil, então vamos assistir a esse com sua mãe e o Roger — ele diz, todo animado.

Minha mãe coloca as bandejas de canapé na mesa do centro e traz as bebidas. Não sei em que tempo ela ainda conseguiu fazer pipoca, mas tenho ciência de que ela ainda vai inventar de jantarmos, porque falou que pediu o tal estrogonofe. Decididamente, amanhã irei rolando para Macaé.

Ethan se acomoda no sofá, coloca o braço esquerdo em volta de mim, uma almofada no colo e faz carinho na minha cabeça. Eu me aninho no ombro dele.

Roger chama minha mãe para que se aproxime dele:

— Minha linda, vamos que vai começar o filme.

Ela direciona um imenso sorriso a ele, abre uma cerveja e se senta ao seu lado, depois de darem um beijinho.

— Pode colocar, Ethan — ela pede, já que é ele que está com o controle na mão.

O filme começa e então percebo como tem coisa que é universal. Por mais que a cultura entre mães e seus cuidados com os filhos sejam diferentes, Ethan se diverte muito com Dona Hermínia, ele gargalha do meu lado, até mesmo legendado em inglês a mãe que exagera ao cuidar de Júlio e Marcelina diverte qualquer pessoa.

É tão gostoso saber que esse humor atinge a todos, que algo que o cinema nacional nos proporciona e que é um grande sucesso que lota nossas salas, agrada não somente quem nasceu aqui, mas arranca sorrisos de quem não é brasileiro também.

Quem diria, nunca imaginei que terminaria meu final de semana vendo um filme nacional com um namorado americano que conheci em uma cafeteria em Nova York, ao lado da minha mãe feliz com seu namorado que lembra o Richard Gere. O mundo dá voltas, sim, e ainda bem que ele dá. Se ficasse parado seria muito sem graça.

Quando o filme acaba, jantamos. Ethan saboreia o estrogonofe e pede a receita, que anota no celular, tira foto do prato e conta histórias engraçadas das vezes que tentou cozinhar algumas coisas, que não deram muito certo.

Fico admirando a facilidade que ele tem em ser simpático com todos, em encantar quem está ao redor. Definitivamente ele é meu oposto, sempre sorrindo. Se eu fosse barista do Starbucks, em um de meus dias de péssimo humor seria demitida com certeza, porque não consigo sorrir quando não tenho vontade, ainda mais de manhã cedo.

Ajudo minha mãe a levar os pratos para a lavadora, porque sei que ela está louca para fofocar comigo, conheço Dona Helena.

— Filha, que rapaz adorável. Se quiser, ele pode dormir aqui. Sei que você nem me perguntou, mas pode. Fiquem à vontade. O Roger vai embora porque viaja cedinho à trabalho amanhã e o aeroporto fica mais perto da casa dele, mas se Ethan quiser, aproveitem cada segundinho juntos. — Ela dá seu apoio.

— Mãe, ainda não falei sobre essa noite com ele, mas acho melhor que ele vá para o hotel. Eu acordo às quatro da manhã, o ônibus sai cinco e meia para Macaé, é muito cedo, e ainda nem fiz a mala. Vou conversar com ele. Agradeço seu apoio, mas, como costumam dizer, o dever me chama... e preciso trabalhar cedo amanhã. — Olho para baixo, triste, enquanto abro a torneira e limpo as mãos.

Voltamos para a sala onde eles conversam sobre a seleção brasileira de futebol. Ethan não sabe o nome de quase nenhum jogador, e eu o amo ainda mais por isso. Roger começa a explicar a ele onde cada atleta atua no momento e parece empolgado com o assunto, mas espero uma brecha para poder ter mais um tempo com Ethan e arrumo a desculpa perfeita para levá-lo para o quarto sem parecer mal-educada.

— Roger, minha mãe disse que você viaja cedo amanhã, eu também. Vou me despedir de Ethan e arrumar minha mala, com licença, a noite foi ótima, boa semana para você, se me permite. — Aceno de longe, e ele me manda um beijo.

Ethan aperta a mão de Roger e me acompanha até o quarto. Como eu disse em português, provavelmente ele não entendeu muita coisa, então traduzo para ele assim que entramos em meu quarto e estamos só nós dois.

— Eu juro que queria muito passar a semana inteira grudada em você aqui no Rio, se eu pudesse fazer alguma coisa para mudar isso eu faria. Minha mãe te adorou, ela acabou de dizer que, se a gente quisesse, você poderia dormir aqui, enfim, eu nem sei como te dizer isso, mas preciso descansar para acordar às quatro da manhã, preciso arrumar as malas. Preciso estar bem, porque tenho uma apresentação importante para o meu chefe assim que chegar lá — despejo tudo e começo a chorar, porque não queria nesse momento nada disso. Eu queria pular nua em cima dele e ficar presa no quarto com esse homem, transando insanamente até o avião dele sair para os Estados Unidos, mas tenho que ser racional e pegar aquele ônibus amanhã cedo para não jogar fora meu emprego.

Sento na cama chorando e olhando para baixo, tentando enxugar minhas lágrimas e Ethan não diz nada. Vejo que ele está mexendo no bolso e pegando o celular. Não sei o que ele está fazendo, mas mexe no aparelho, tira um fone do bolso e finca no celular. Observo-o colocando um fone no ouvido dele. Ele me estende a mão, eu a pego, ele me abraça com somente ela. Com a outra, segue segurando o aparelho, até que coloca meu cabelo para trás da orelha e o outro fone no meu ouvido. Fico eu com um fone e ele com o outro.

Ethan coloca o celular no bolso do short que está usando. A mão dele passa em meu rosto e seca minhas lágrimas, o dedo indicador para em minha boca e, antes que eu faça alguma pergunta, ele para bem em cima dos meus lábios e diz:

— Respira. Se entrega, encosta seu corpo no meu e não pensa em mais nada — ele pede, enquanto no fone começa uma música instrumental. Faço o que ele pede, tento me acalmar, fecho os olhos, sinto suas mãos em minha cintura. A música lembra uma valsa, que vai aumentando o ritmo, e me imagino com ele naqueles filmes de época, com vestidos enormes, rodopiando em salões imensos.

Por um segundo, a curiosidade fala mais alto.

— De quem é essa música? — pergunto baixinho.

— De Anthony Hopkins — ele responde em meu ouvido. Eu rio e abro os olhos o encarando.

— Estou falando sério, Ethan, quem fez essa música? Anthony Hopkins é ator, o do Silêncio dos Inocentes, esse Anthony? — desconfio.

— O próprio. Chama-se *And The Waltz Go On* e foi composta por ele, e quem está tocando é Andre Rieu e orquestra.

— É lindo demais — falo, ainda surpresa por descobrir que o ator também compõe.

— É mágica, sempre ouço essa música quando estou nervoso, ela sempre me acalma — ele responde.

Ethan pausa a música. Segura minhas mãos e as acaricia.

— Sei das suas responsabilidades e, por maior que seja meu desejo de não desgrudar de você, não posso atrapalhar sua carreira e o que você lutou tanto para construir. Fique tranquila. Faça seu trabalho, eu dou meu jeito aqui com o Igor e a Luíza. Quando você voltar, a hora que voltar, não importa, estarei acordado para nos vermos — ele diz, me fazendo ter certeza mais uma vez do cara absurdamente incrível que ele é. Parece que sabia tudo que eu precisava ouvir nesse momento, tirando um peso enorme do meu coração.

— Não queria que você ficasse achando que não te amo. Que não me importo com a gente. Só isso. Mas eu amo minha carreira, e sei que você entende isso. Preciso estar bem para tudo que vou apresentar amanhã, tenho uma semana intensa por lá. Pelo menos até quarta, depois será mais tranquilo. Bom, pelo menos assim espero — respondo.

— Amor, vai descansar, eu vou para o hotel, a gente vai se falando. Aliás, você me chama, para eu não arriscar atrapalhar você. Estou de férias, basta mandar mensagem que eu te respondo. Te amo, tenho muito orgulho da profissional que você é, e a gente ainda vai ter muito tempo para ficar juntos nessa vida, eu tenho certeza. É o destino, não tem como fugir dele.
— Ele me dá um beijo rápido e me diz isso como se tivesse a garantia de nosso final com um "felizes para sempre".

Fico mais relaxada e vamos caminhando até a porta. Ethan se despede de Roger e de minha mãe, e chamo um Uber para ele. Quando me abraça na porta de casa, tenho vontade de pedir para que fique. Estou igual a uma adolescente fugindo de todas as minhas responsabilidades, parece que não tenho uma conta para pagar no início do mês.

O elevador se abre e ele entra, piscando para mim e me mandando um beijo. Quando se fecha, fico com a impressão de que sonhei esse final de semana inteiro, e que a última vez que o vi foi em Nova York. Minha mãe sempre fala que tudo que é bom acaba rápido e é a mais pura verdade.

Lá vai a semana se arrastar em Macaé. Amo meu emprego? Claro. Mas quem não ia preferir ficar agarrada com esse boy até a partida dele? Foco, Charlotte. Bora arrumar a mala...

Capítulo 10

VIAJAR É PRECISO

Estou caindo de sono, com um misto de saudades de Ethan. Queria muito ter dormido agarrada nele na noite passada e, ao mesmo tempo, estou muito tensa, porque em poucos instantes apresentarei meu projeto com meu chefe para o CEO da empresa. Ele é um cara que só vi de longe, que mal sabe meu nome até hoje e que sei pouquíssimo sobre, a não ser pela intranet, o que consta na biografia, nas entrevistas que ele dá nas revistas do setor falando da carreira de sucesso e pelo burburinho de medo que causa nos corredores daqui.

Salto do ônibus que me pegou no hotel, onde só deu tempo de deixar minha mala. Minhas mãos estão suando mesmo que o tempo aqui esteja bem fresquinho e pedindo um casaco. Passo pelas pessoas dando bom dia e não paro de repassar em minha cabeça tudo que preciso dizer para o senhor Hatem Mubarak.

Mal tenho tempo de revisar nada. Ao entrar na sala de meu chefe, sua secretária, Lucileide, me olha de cima a baixo e arregala os olhos.

— Charlotte, o senhor Wilson estava atrás de você. Disse que tinha pedido para você chegar mais cedo, liguei para seu celular, mas você não atendeu — ela avisa. Pego o telefone e vejo que está fora de área. Não acredito que a operadora está contra mim em plena segunda-feira.

— Eu cheguei mais cedo, a reunião é em meia hora. Não dá tempo? — Eu não me recordo de ele ter pedido para chegar mais cedo, mas, como tenho amor ao meu emprego e sigo com sono, não vou discordar.

— Bom, ele já entrou na sala de reunião, boa sorte. O homem está atacado hoje. A sorte está lançada — ela diz, referindo-se ao CEO de quem todos tem medo.

Olho para o corredor longo e respiro fundo. Tento pensar que é só uma apresentação de contratação de *trainees*, um projeto que já apresentei outras vezes, mas no fundo sei que depende dessa apresentação para que tudo saia do meu laptop e vire realidade.

A cada passo que dou, minha barriga dói um pouco. Meu celular segue não dando sinal, bem que eu queria uma mensagem de positividade do Ethan agora pela manhã, ou ouvir alguma música que me acalmasse, daquelas que só ele consegue me apresentar. Mas a realidade é que quanto mais perto chego, sei que não posso fugir da reunião.

A sala, que parece um aquário, faz com que o CEO já tenha visto que estou chegando, meu chefe acena para que entre. Nela, estão dois assistentes do senhor Hatem, cujos nomes desconheço, mas que já vi passando por aqui, e a secretária dele, que está sempre por perto, uma mulher linda, chamada Fiorela.

Sempre olho para os pés dela e me pergunto como anda para lá e para cá, esse escritório todo de scarpin. Só de olhar meu joanete já pede socorro. Mas ela é só a finesse, a roupa sempre combina com tudo, não tem um amassado nessas camisas. Aposto que nem almoça, porque nunca vi um molho derramado na gola. Enquanto eu ando com uma bolsa que parece de bebê, sempre com uma muda para eventuais emergências.

O senhor Wilson coloca o pen drive no laptop, que está ligado ao projetor, e fico com medo de ter gravado algo errado. Por mais que eu verifique várias vezes, sempre fica um temor de que apareça uma foto minha em viagem, um arquivo que não tenha absolutamente nada a ver com a apresentação… Nossa eu ia morrer se isso acontecesse!

Todos se sentam e esperam que eu comece a falar. Levanto-me e vou até lá na frente. Quando olho para mesa, noto que meu celular resolve voltar a funcionar e começa a vibrar com todas as mensagens atrasadas da manhã inteira. Retorno e peço desculpas pelo barulho, abafo-o na cadeira com meu casaco por cima.

Começo falando sobre como a equipe começou a recrutar os *trainees*, em conjunto ao setor de Talent Aquisition. Explico o quanto foi necessário irmos até as faculdades apresentar nossa empresa e nosso programa de carreiras aos candidatos, para que eles se sintam parte da família.

O senhor Hatem pede desculpa, mas diz que precisa atender uma ligação. Acho um absurdo isso, porque, se fosse comigo estaria desempregada, mas estou em posição de subordinada, então, claro que não falo nada e fico quieta esperando que ele termine. Alguma coisa o irrita. A secretária se levanta e pega um copo de água para ele, alarga sua gravata, e ele agradece.

Não sei por que, mas nesse exato momento me vem à cabeça todos os livros hot que li na vida, com CEOs que se envolvem com secretárias. Faço uma fic na minha cabeça, onde ele é o CEO egípcio que conheceu a secretária virgem. Ele pode ser viúvo. Um dia, precisou da ajuda dela, que tentou evitá-lo. Ele sempre foi meio rude no trabalho, mas em casa ele é outra pessoa com o filho. Os dois foram se apaixonando e o sexo entre eles é maravilhoso. Na minha cabeça, imagino os dois transando na mesa à minha frente e a imagem não é muito agradável, porque o senhor Hatem não se parece com os caras gostosões dos livros hot da Amazon.

— Charlotte, você está bem? Charlotte, que cara é essa?

Saio do meu transe com perguntas do meu chefe, e estou morrendo de vergonha. Será que disse algo em voz alta? Acho que não. Nunca pensei em sexo no meio do trabalho, ainda mais em pessoas transando na minha frente. Só pode ser o efeito Ethan.

— Desculpe, senhor Wilson, não, eu só estou um pouco enjoada, deve ser algo que comi no café da manhã. Depois peguei o ônibus, viagem sempre me enjoa um pouco. Vou só beber uma água — desconverso e pego uma garrafinha que está atrás dele.

Para minha sorte, é o tempo de o CEO voltar com sua trupe e eu retomar minha apresentação, a mais longa de minha vida. Minto, teve a mesma duração de todas, mas estou tão nervosa com o olhar dele — que nada diz, por isso não sei se está gostando ou simplesmente louco para me mandar para o setor de Recursos Humanos e colocar outra em meu lugar —, que mal consigo me concentrar.

No último slide, quando apresento todos os resultados do semestre, ele me interrompe.

— *Charlotte, quál seu nivél aquí na Manteuffel?* — Ele tem um sotaque carregado quando fala português, a acentuação nunca está no lugar correto. O nível está atrelado à posição que você tem na empresa. Conforme ela for maior, seu grau de responsabilidade aumenta, assim como seu nível hierárquico.

— Nove, senhor — respondo.

Ele não fala mais nada. Termino o último slide, o senhor Wilson me agradece, ele também, Fiorela sorri com seus dentes perfeitos. Recolho minhas coisas e saio da sala, fingindo que não estou nervosa, mas quase infartando para saber o que ele achou do que acabei de mostrar.

Entro na sala de reunião pequena, na dos pobres mortais, a que os diretores não costumam usar, ando de um lado para o outro, tensa, e meu celular começa a vibrar. Tem mensagem da minha mãe querendo saber se cheguei bem, da Juli querendo combinar a despedida do Ethan... Meu Deus, essa garota não dorme! E várias de grupos, cujos assuntos não me interessam.

Não há nenhuma mensagem do Ethan. Bom, nós combinamos que eu mandaria quando pudesse, então é isso que faço.

> Bom dia! Apresentação feita. Quase morri, ainda não sei como fui. Queria muito você aqui para me abraçar. Amo você.

Ele responde na mesma hora:

> Bom dia, amor. Estava preocupado com sua chegada. Igor me disse que demora umas três horas para chegar até aí, mas imaginei que tivesse chegado e ido direto para reunião. Não seja boba. Você é a melhor em tudo que faz. Aposto que arrasou. Já estou com saudades. Te amo.

Mal dá tempo de curtir a mensagem e meu sorriso bobo pensando em Ethan, porque meu chefe entra na sala, daquele jeito dele nada educado, sem bater, puxando uma cadeira como se fosse brigar comigo. Tremo dos pés à cabeça.

— Sente-se também, Charlotte. — Ele coloca o celular na mesa, fica mexendo na aliança dele e roendo uma das unhas, o que não quer dizer nada, porque o senhor Wilson faz isso o dia inteiro, nervoso ou não.

Puxo a cadeira, me sento, sinto o suor escorrer pelo meio das minhas costas e fico imaginando se passei algum dado errado. Odeio momentos assim. Finalmente ele começa a falar e acaba com o suspense.

— Charlotte, o senhor Hatem elogiou muito a nossa apresentação. Muito mesmo. Você sabe o que isso quer dizer não sabe? — ele me diz, sorrindo.

Eu queria dizer que sei, mas lá no fundo entendo que isso é ótimo, mas, na verdade, não tenho certeza se há mais alguma coisa que ainda não pesquei.

— Quer dizer que ainda temos emprego. — *Nossa, Charlotte, que piada ridícula*. Sou uma imbecil mesmo. Às vezes, calada sou uma poeta.

Ele finge que eu não disse nada e continua:

— Quando o senhor Hatem elogia uma apresentação, o que é raríssimo, já que ele é uma pessoa com critérios elevados, isso quer sempre dizer uma coisa: promoção. A Fiorela me apresentou no final da reunião duas propostas. E uma delas, se eu aceitar, vai mudar sua vida também, Charlotte. — Ele segue fazendo mistério. Olha, se eu não tenho pressão alta, nesse exato momento devo estar entrando no hall dos hipertensos.

— Desculpa, chefe. Mas ainda não entendi. O senhor foi promovido? Meus parabéns. Eu também estarei em sua equipe nova? — Tento com isso descobrir o que ele quer dizer com todo esse mistério.

— Na verdade, recebi uma proposta para daqui a quatro meses estar em Dubai, comandando, como Supervisor de Operações, a base de lá. Vou ganhar três vezes mais, ter padrão de expatriado, meus filhos estudarão em escolas internacionais, só preciso conversar com minha esposa. E meu nível subirá de onze para treze! Com tudo pago por eles, como é a vida de um *International Mobile* — ele revela, animado, arregalando os olhos. Não sei exatamente mais o que devo dizer. *International Mobile* é como chamamos, aqui na empresa, o profissional que sai do país para trabalhar em outra filial e recebe benefícios diferentes por essa mudança. Também vou para Dubai? É isso? Tenho receio de minha pergunta parecer extremamente idiota..

— Fico muito feliz com sua promoção, muito mesmo. Dubai, nossa! Deve ser incrível. Longe, mas muito bacana. Sua esposa vai se animar com certeza. Você merece. Vamos sentir sua falta aqui, a nossa equipe, nossos processos de … — jogo no ar, para ver se ele solta mais alguma coisa.

— Bom, pelo que entendi, eu indo, você sobe mais um grau, chega ao décimo. Ele amou sua apresentação. Talvez "amou" seja forte, porque ele raramente ama algo, mas não falou mal e isso já é muito positivo. E com a carta-oferta do nível dez, se prepare, o céu é o limite. Lembra da conversa que tivemos? Parece que eu estava prevendo. Seu destino pode ser qualquer um dos setenta e três países onde a empresa tem operação. Isso não é animador? — ele pergunta.

De certa forma é animador para quem é muito corajosa. Para mim, que nunca morei em outra cidade, é um pouco aterrorizador. Se você aí do outro lado está achando tranquilo mudar de país, certamente pensou naqueles fáceis de morar, como Estados Unidos ou França. Mas alguns tem cultura muito diferente da nossa. Já ouvi tanta história, e sei que dizer não a uma carta-oferta aqui dentro é praticamente anular toda a carreira.

— É muito animador, chefe. Não vejo a hora de ser minha vez. Mas agora é o seu momento, estou muito feliz com sua oportunidade — disfarço.

Dentro de mim, queria acreditar que não me tornei a mulher que sonha em receber uma carta-oferta para trabalhar bem perto de onde Ethan more, sendo que estou ciente de que Nova York nem sequer tem um escritório da empresa em que trabalho. A filial de lá fica em Houston.

— Preciso lhe agradecer, porque seu trabalho nesse projeto foi acima de todas as expectativas que tinha. E, claro, você também receberá um aumento salarial e virá mais uma pessoa para nos ajudar na equipe nessa transição. Agora, mãos à obra, que tudo a que ele assistiu precisa ser conversado com os parceiros de negócios e fazer acontecer. — Ele sai sorridente da sala de reunião.

Vou em seguida, mas aproveito para entrar no banheiro. Amo quando ele está completamente vazio. Apoio minhas pastas e celular na pia, me olho no espelho e fico pensando pelo lado positivo, afinal, com um salário maior, agora é só juntar e ir para Nova York de novo. Até que dou um tapa em meu rosto e digo em voz alta:

— Meu Deus do céu, Charlotte, dá para parar de pensar um minuto nesse homem? Você não pode resumir sua vida, sua carreira a um macho.

Para meu azar, Fiorela está atrás de mim e escutou absolutamente tudo que falei. Ela nem disfarça, olhando-se no espelho ao meu lado, retocando o batom vermelho.

— É o que digo para mim todos os dias — ela diz. — Carreira em primeiro lugar. Não pense em homens. Eles não valem nada. — Ela fecha o batom e me encara.

Eu a olho e fico sem dizer uma só palavra. Não esperava que se abrisse assim para mim, muito menos que falasse o que vem a seguir:

— E eu falho miseravelmente, porque minha mente diz isso, mas meu corpo não. Então não se culpe. Bom trabalho, Charlotte. — Ela sai do banheiro batendo a porta.

E assim eu já sei que criarei toda uma fanfic do CEO egípcio casado com a secretária de batom vermelho que tenta resistir a ele focando na carreira, mas que não aguenta ficar longe do homem imponente, e que esperaram todos os funcionários saírem da empresa para se amarem na sala de reunião. *Ai, para, Charlotte!* Eu vou enlouquecer, juro que vou!

Capítulo 11

O AMOR ACONTECE

Meus pés estão doendo tanto que sinto uma bolha crescendo no mindinho. Acho que não aguento mais dar dois passos. Aguardo a van que me levará finalmente até o hotel. Foi um dia exaustivo, onde almocei em pé e mal tive tempo para beber água como devo. Desbloqueio o celular e há algumas mensagens de Ethan com muitas fotos dele no Corcovado com Igor e Luíza. Não acredito que ele esteve nesse lugar em que queria estar com ele e estou tão longe para curtirmos juntos.

As fotos estão lindas, o dia está sem nuvens, para sorte dele, o que faz com que minha vontade de me photoshopar nessas fotos esteja imensa.

Respondo:

> Nossa, estão lindas as fotos. Você está lindo. Queria estar aí.

Mando um emoji triste.

Ele está on-line, me responde na mesma hora:

> Você saiu do trabalho? Está no hotel?

> Ainda não. Estou na portaria da base aguardando a van.

> Me avise assim que chegar, por favor?

> Ok, mas está tudo bem? Seu dia foi legal?

Acho estranho que ele não comente nada sobre o Corcovado. Não é sempre que se conhece lá, e ele está tão encantado com a cidade, imagina vendo a Cidade Maravilhosa lá de cima...

> Está sim, mas quando chegar me avise, por favor, que estou aguardando

> Ok

Alguma coisa aconteceu. Entro no Instagram dele e estranho que a última foto postada é comigo no casamento, nenhuma desde então. Tudo bem que ele pode não ser tão viciado em redes sociais como eu, quando viajo, mas ainda assim não acho que isso não seja preocupante de alguma forma.

A van chega. Entro nela e me espatifo na primeira poltrona. Coloco o cinto e ouço as informações de segurança nos três idiomas: "por favor, coloque seu cinto de segurança, a viagem já vai começar. Não levante durante o trajeto, não converse com o motorista..." Acho que já decorei em português, espanhol e inglês o que a gravação fala, de tanto que já escutei.

Não consigo parar de pensar no quão Ethan estava estranho. Procuro o fone na bolsa e encaixo no celular, escolho na playlist minhas músicas mais tristes, e lá sigo eu para o hotel escutando U2, *One*, que combina muito com esse meu momento.

Did I disappoint you?
Eu desapontei você?
Or leave a bad taste in your mouth?
Ou deixei a sua boca com gusto ruim?
You act like you never had love
Você age como se nunca tivesse amado
And you want me to go without
E quer que eu siga sem nada
Well it's too late tonight
Bem, é tarde demais, hoje à noite
To drag the past out into the light
Para trazer o passado à luz

We're one but we're not the same
Somos um, mas não somos os mesmos
We get to carry each other, carry each other
Temos que cuidar um do outro, cuidar um do outro
One!
Um!

 Minha versão Maria do Bairro invade meu corpo e as lágrimas escorrem. Olho pela janela da van e as curvas intensificam a voz de Bono Vox em meus ouvidos. Relacionamentos são sempre assim, conversas podem ser tudo ou podem ser nada, e eu sou um poço de ansiedade. Mas isso vocês já sabem.

 A van para no hotel e desço. Uma chuva fina começa a cair, corro para dentro do prédio, a porta automática se abre, e vejo que há uma nova mensagem de Ethan no meu celular. Ainda mais nervosa, abro a mensagem.

> Chegou?

 Gente, ele nunca fica aflito assim. Estou começando a achar que é algo sério. Não respondo. Chamo o elevador e, para minha sorte, ele logo chega. Dou uma de mal-educada e nem espero para ver se tem mais alguém, aperto o botão rapidamente e subo para o andar em que estou.

 Entro o mais rápido que posso no quarto, jogo tudo em cima da cama, desbloqueio o celular e faço uma chamada de vídeo para ele. Não está com pressa em me ver? Então aqui estou.

 Ele logo atende. Sorrindo, está aparentemente no quarto do hotel dele, deitado.

 — Amor, chegou no hotel? Só um minuto que preciso fazer uma coisa. — Ele some da minha visão.

 — Ethan, o que você precisa fazer? Ethan! — Nada dele. Sento na cama e tiro os sapatos, segurando o celular e aguardando que ele volte. Uns minutos depois, ele finalmente retorna.

 — Pronto, precisava fazer uma coisa. Como foi seu dia? — desconversa.

 — Meu dia foi cansativo. Meu pé tem bolhas, meu chefe foi promovido e vai morar em Dubai, eu criei uma fanfic entre a secretária e o CEO, e agora nunca mais poderei vê-los da mesma maneira. Além disso, também ganhei um aumento de salário, e consequentemente de trabalho. — Sorrio, depois de dizer tudo isso, ajeitando meu cabelo bagunçado e abrindo o botão da calça.

— E você fala isso assim? Parabéns! Eu não entendi a parte do CEO com a secretária, mas não acho que fará muita diferença. O importante é que você foi incrível como eu disse que seria e foi promovida! Eu sabia! Tenho muito orgulho de você. — Ele me olha e, da forma como fala, faz parecer que tudo que aconteceu é muito melhor do que de fato foi, simplesmente porque, se não tivesse o fator "ele" e de que qualquer coisa que possa me deixar ainda mais distante dele, eu realmente ficaria feliz.

— Só estou cansada mesmo. E um pouco triste, porque não estou aproveitando você no Rio. Ainda nem contei para minha mãe também. Meus dias aqui são sempre insanos — completo.

— E você vai continuar morando no Rio de Janeiro e indo para Macaé? Mesmo com seu chefe indo para Dubai? — Nossa, eu não esperava que ele me fizesse essa pergunta. É como se ele tivesse me dado um tapa com algo em que odeio pensar, por que não sei a resposta, cujas possibilidades me causam medo.

— Bom, a verdade é que nesse exato momento eu não tenho essa resposta. Com meu chefe indo, mais alguém vem para nossa equipe e eu mudo meu status na empresa, o que com certeza me fará em breve receber algumas propostas de trabalho em outras cidades, ou países — falo, diminuindo o tom de voz.

Ethan não fala nada, ele fica me encarando do outro lado da tela, como se, assim como eu, pensasse em nossas vidas. Sei que eu sendo uma engenheira de petróleo, trabalhando em uma multinacional, não posso esperar ficar parada sempre no mesmo local. Minha carreira exige mobilidade, e eu sabia disso quando entrei aqui. Só não sabia que me apaixonaria por um músico em início de carreira, com toda uma chance brilhante de tocar em uma filarmônica algum dia e rodar o mundo ou morar na Europa.

Sempre ouvi que o amor podia vencer tudo, mas será mesmo que a gente vai conseguir derrubar tanta barreira assim?

Antes que eu ou ele possamos voltar a pronunciar qualquer palavra, o interfone do apartamento toca.

— Só um instante, Ethan, eu não pedi nada, deve ser engano — aviso a ele. Vou até o interfone e avisam que tem comida de um restaurante de frutos do mar em meu nome.

Olho para Ethan, ele sorri.

— Pode aceitar — ele me diz do outro lado da tela, enquanto percebo que também está recebendo um entregador.

— O que você fez? — pergunto.

— Consegui, com a ajuda de nossos amigos Igor e Luíza, um restaurante que tivesse aí e aqui no Rio, para entregarem a mesma comida para mim e para você, para que pudéssemos jantar juntos hoje à noite. Pedi risoto de camarão, espero que goste — ele avisa.

Eu não estou acreditando.

— Você é louco. — Estou sorrindo, e ainda mais apaixonada por esse homem, que me dá o melhor presente após um dia exaustivo de trabalho: comida!

— Por você. Você só precisa acreditar nisso. Agora receba o entregador e vamos jantar. Tem um vinho também, vamos brindar. — Vou até a porta e pego a comida com a sacola do vinho. Agradeço o entregador e monto tudo na mesa. Ajeito o celular para que a gente possa se ver.

Nunca jantei dessa forma, mas também nunca conheci ninguém como Ethan. Talvez somente nos filmes que tenha visto, mas quem acreditaria que esbarrar em alguém em uma viagem fosse render tanto?

Ah, Nova York, eu sempre serei grata a você.

— Um brinde ao nosso amor. Um brinde à sua promoção — ele diz.

— Ai, Ethan. "Eu acho que eu sentiria sua falta até mesmo se nunca tivéssemos nos conhecido". Sabe quem disse essa frase? — pergunto.

— Além de você? — Ele ri.

— Não sabe, ponto para mim. *Muito bem acompanhada*, com Debra Messing e a Amy Adams.

Era isso que eu precisava essa noite. Ficamos falando um com o outro até não ser mais segunda-feira e eu ver que precisava de um banho e de dormir, porque amanhã a labuta começaria novamente.

Capítulo 12

ALGUÉM TEM QUE CEDER

A terça e a quarta-feira foram praticamente iguais. Trabalhei até tarde, recebi os *trainees*, apliquei junto com a equipe de Recursos Humanos todos os testes necessários e comi nos horários mais insanos possíveis. Colei Band-aid em todo meu pé para aguentar a bota e a roupa de proteção para ir a campo passar as provas técnicas para os candidatos. Voltei para o hotel cada dia mais tarde, quase perdendo a última van do dia.

Com a diferença de que Ethan conheceu lugares que eu gostaria de ter ido com ele, como Jardim Botânico, enquanto passei o dia trabalhando em Macaé.

Meu chefe virou outra pessoa. Anda tão feliz que a esposa aceitou ir para Dubai, que tudo que apresento diz que está perfeito. Acho que mal tem avaliado corretamente. De qualquer forma, confio em meu trabalho, e sei que verifiquei quinhentas vezes antes de apresentar para a turma de *trainees* dessa semana.

Minha cabeça está a mil. Por isso, quando meu celular toca e vejo que é minha mãe, fico preocupada, porque ela raramente me liga no meio do expediente. Mas ontem contei a ela sobre a possibilidade de morar em outro país, e ela se mostrou tão animada que levei até um susto. Achei que fosse sentir mais.

— Oi, mãe. Aconteceu alguma coisa? — pergunto, preocupada.

— Nada, filha. Você pode falar?

— Posso, vou andar um pouquinho para longe dos candidatos e podemos falar com mais tranquilidade. — Dou alguns passos para longe de onde estou. — Pronto, pode falar.

— É que quando nos falamos ontem você disse que deve voltar para casa só sexta à noite, e você quer fazer algo para Ethan aqui no sábado. Queria já adiantar, o Roger vai me ajudar com tudo, ele sabe melhor que eu sobre bebidas. Então é só me dizer quantas pessoas vem e o que querem, que deixaremos tudo pronto — ela oferece.

— Mãe, eu não quero dar trabalho para o Roger, com quem não tenho a menor intimidade — respondo.

— Ah, mas eu tenho muita intimidade. Em breve você vai ter também, porque ele é meu namorado e estamos juntíssimos. Daqui a pouco você vai ganhar o mundo e os dois coroas vão ficar aqui curtindo a vida. Então, pare de besteira e fale logo o que é para comprarmos. — Gente, minha mãe está demais. Vou precisar de ajuda mesmo, ela está certa.

— Ok, bom, vou chamar só a Juli, o Pierre, a Luíza e o Igor. Ethan, eu e vocês. Não temos mais ninguém para convidar. A nossa casa também não comporta tanta gente, né mãe? Tá bom já — digo.

— E seu pai? Ele não vai conhecer seu namorado? — ela pergunta.

— Putz, mãe, esqueci do meu pai. Mas vai ficar péssimo o clima entre ele e o Roger, ou não? — pergunto.

— Para quem? Para mim vai ficar ótimo. Estou muito bem, obrigada. Pode chamar sim, Roger é bem resolvido, não escondo nada dele. Convide, se quiser.

— Vou pensar então, mãe. Vou conversar com ele.

— Hum, mesmo com seu pai ou não, será pouca gente. Então acho que podemos fazer uma noite de pizza. Posso encomendar uns doces brasileiros para ele experimentar, e o Roger toma conta das bebidas — ela define.

— Tá ótimo, mãe. Acho que o Ethan vai amar — respondo.

— Filha, mais uma coisa.

— Fale.

— Não cometa os mesmos erros que eu. Achei que só existia alegria com seu pai e existe muito mais que isso nesse mundo aí fora, só que a gente se prende no que a gente já conhece. É mais fácil, mais cômodo. Viva, minha filha, se entregue. Seja no trabalho, seja nesse amor — ela filosofa, e gostaria de cumprir seus conselhos com a facilidade com que ela fala.

— Estou me esforçando, mãe. Não vou deixar passar nada. Pode confiar em mim.

— Tudo bem, te amo!

— Também te amo. — Desligo o celular e fico pensando naquela frase do filme *Questão de Tempo*: "Ninguém pode prepará-lo para o amor e para o medo". — A verdade é que não estou preparada para dizer adeus para Ethan de novo, e isso me tira o sono só de imaginar.

Fico olhando o bloqueio de tela do meu celular com uma foto minha e de Ethan lá em Nova York. Mudei esses dias para ficar lembrando dele sempre. Não que eu precise disso, porque ele já vive na minha cabeça, mas é sempre bom ver essa carinha linda.

Quando o treinamento dos candidatos termina, recolho as fichas e me reúno com a equipe para a avaliação de cada um deles. Mais um dia de trabalho que teve hora para começar, mas não tem hora para terminar.

São nove horas da noite quando mando mensagem para o Ethan:

> Saudades, hoje acho que não saio daqui antes de meia-noite.

Ele responde:

> Queria estar no hotel de Macaé te esperando só para fazer massagem em você assim que chegasse cansada do trabalho. Morrendo de saudades também.

Estico meu corpo para trás na cadeira e mal sinto minha coluna. O Senhor Wilson sai da sala de reunião e retorna uns dez minutos depois, animado.

— Time, estão todos liberados. Vejo vocês somente na próxima segunda. Ordens do CEO! — Ele nem espera eu fazer mais perguntas e sai correndo, falando no celular com a esposa, contando a novidade.

Como fui pega de surpresa, nem sei muito como agir. Recolho tudo que está na mesa, desligo o laptop e, no impulso, já estou digitando a notícia para Ethan quando me vem à cabeça que o melhor é fazer uma surpresa, como ele merece, já que me faz tantas o tempo todo.

Preciso urgentemente agendar o ônibus de retorno para amanhã no primeiro horário, para poder curtir mais um diazinho com ele no Rio.

Dirijo-me até a entrada da base, e quase não há mais funcionários trabalhando. Rebeca, a recepcionista, me avisa que a van chegará em poucos minutos.

— Será que consigo agendar amanhã cedo meu retorno no ônibus para o Rio com o motorista? — pergunto a ela.

— Olha, Dona Charlotte, acho difícil ter vagas no da manhã, que é o mais disputado, mas no da noite geralmente tem sim — ela me responde, para meu completo desespero.

Quando a van chega, o motorista confirma o que ela disse.

— Boa noite, alguma vaga para van ou ônibus indo para o Rio no primeiro horário? — insisto.

— Negativo. Só tenho após às dezoito horas. É o dia mais concorrido. Nem a rodoviária tem. São vagas disputadíssimas. — Ele balança a cabeça negativamente.

Entro na van, arrasada. Ainda tento comprar on-line, mas todas as viações estão esgotadas no site. Posso ver na rodoviária amanhã muito cedo se tem por um milagre algum assento sobrando para venda na bilheteria um ou se alguma van aceita me levar.

Ethan manda mensagem:

> **Ainda no trabalho? Lembrei de você.**

Ele me manda uma foto no banheiro só de cueca. Só pode estar brincando comigo. Ainda bem que não tem ninguém sentado do meu lado na van e que não foi um nudes.

> Vai brincando. Esteja assim quando eu voltar para o Rio 😈

Agora mesmo que vou nem que seja de bicicleta de Macaé para o Rio, mas não vou perder um dia com esse homem. Não vou mesmo.

Capítulo 13

CROSSROADS: AMIGAS PARA SEMPRE

Coloco o despertador para quatro da manhã, na esperança de conseguir algo que, na rodoviária, me leve até o Rio de Janeiro em poucas horas. Não avisei nem mesmo à minha mãe.

Soco tudo na mala, agendo um táxi e tento convencê-lo a me levar até o Rio. Digo que pago a ele o retorno, nem calculei quanto me sairá essa fortuna, mas, pelo Ethan, obviamente que valerá a pena. Mas tudo que ele me diz é:

— Desculpe, senhorita, mas hoje vai ser difícil. Tenho o dia todo lotado agendado com o pessoal das empresas já. Quase que não consigo te pegar aqui — ele me informa, enquanto me ajuda a tirar a mala do carro.

Na rodoviária lotada, corro para a bilheteria. Há duas pessoas na minha frente e, pelo painel, vejo que o próximo ônibus com assentos livres é o de meio-dia, ou seja, já terei perdido boa parte da sexta por aqui até chegar lá.

Sento-me desolada em cima da mala, olhando nossa foto no celular e tentando pensar em uma alternativa, quando vejo uma loja de aluguel de carros com a porta entreaberta. Talvez eles tenham alguém da empresa que irá para o Rio e aceite me levar.

Caminho até lá, arrastando minha mala e, quando entro, um rapaz vem me atender.

— Bom dia, nosso expediente só começa daqui a uma hora — avisa.

— Ah, tudo bem. É que eu só queria uma informação, se não puder eu nem espero. Na verdade, nem sei o que fazer. Preciso ir ao Rio urgente, mas não tem mais passagem para o turno da manhã, e eu nem pensei em alugar carro, nunca dirigi em rodovias, para ser sincera. Então queria saber se tem algum outro meio de eu ir ao Rio, se vocês têm van, alguém que esteja a caminho e possa me dar uma carona. Eu pagaria, claro — tento me explicar.

— Não, aqui só alugamos carros. E ali tem a rodoviária. Vans não são mais permitidas. Só as das empresas. Lamento não poder ajudar. Boa sorte. — Ele fecha a porta e passa a chave.

Não acredito que vou morrer na praia assim. Que raiva. É muito azar. Chuto a minha mala, que cai no chão. Eu a coloco de pé de novo e ouço uma voz familiar atrás de mim.

— Alguém levantou com o pé esquerdo hoje. — Eu me viro e vejo que é Fiorela, linda como lhe é de costume, de tênis, calça jeans, cabelo preso em rabo alto e óculos escuros. O perfume dela é tão forte que quase me dá alergia. Não faço ideia de onde ela veio e porque está "à paisana".

— Bom dia. É que nada tem dado certo para mim nessa sexta. Tentando voltar para o Rio e não conseguindo — me abro com ela, e tento limpar a mala que eu mesma sujei.

— Você vai agora? Quer dizer... está querendo ir agorinha? — ela pergunta.

— Estou tentando, mas não tem vaga em lugar nenhum. Fui liberada, mas sigo presa em Macaé — lamento.

— Sei bem como é. O senhor Hatem também me liberou. Não estava na agenda dele essa viagem para Suíça, mas nem questiono mais, o homem não para. Ele apenas embarca. Vive mais no céu do que na terra. Também estou aproveitando para voltar mais cedo para o Rio, mas, como achei que voltaria no carro dele, aluguei um ontem quando me informou mais cedo, só que vim trocar porque o carro está com um problema na embreagem — ela informa, como quem entende de carros.

Eu mal sei onde fica o volante. Dirijo poucas vezes no ano, ainda mais depois que meus pais se separaram e meu pai ficou com o carro.

— Ah, o carro que você alugou é esse? — Aponto para um que está atrás dela, com logo da Chevrolet. Não sei distinguir marcas de carro, só sei a fabricante e a placa. É assim que sei qual Uber chamei, por exemplo; além da cor, claro.

— É esse mesmo. Mas acho que ainda nem abriu. Bom, depois que eu conseguir trocar o carro, posso te dar uma carona. Quer ir comigo? É bom que racho a gasolina. Em qual bairro vai ficar? — ela oferece.

— Leme. E você? — Tenho certeza de que vai dizer Barra da Tijuca.

— Moro na Barra da Tijuca, mas te deixo lá sem problemas, você tem carteira? Podemos revezar, assim não me canso também. — Acho que vou precisar lidar com o meu medo, mas é pegar ou largar né? Então eu sorrio e finjo que estou bem tranquila.

Ela bate na porta da loja e o cara vem com cara de poucos amigos. Convence-o a abrir e a trocar o carro após mostrar a ele o problema. Toda essa troca já leva quase uma hora até conseguirmos finalmente que ela assine novos papéis, e estejamos sentadas com o cinto de segurança em um carro que, para mim, é exatamente igual ao outro, mas que ela alega ser mais velho que o anterior.

— Esse é de 2017. O outro era do ano passado. Muito mais moderno. Tudo bem, não sou muito fã de Corsa Classic, mas é o que tem para hoje. Pronta para nossa viagem? Tenho uma trilha sonora perfeita. — Ela ajeita o celular dela com GPS e com a música que quer que toque.

— O que você gosta de ouvir? — Aposto que não tem nada a ver com as que escuto.

— Para essa viagem de menininhas, vou colocar minha trilha sonora Crossroads. Amo esse clássico de Shonda Rhimes, já viu? — ela diz isso como se eu já não tivesse assistido tudo da Britney Spears mais de mil vezes com minha mãe, que também ama essa diva do pop.

— Você gosta de Britney? — pergunto, curiosa.

— Claro!! *It's Britney, Bitch!* Coloquei músicas dela e do filme, bem anos 2000, bem sessão da tarde. Uma viagem dessas pede. — Ela coloca a música e se anima no volante.

Say hello to the girl that I am
Diga olá para a garota que eu sou
You're gonna have to see through my perspective
Você verá as coisas pela minha perspectiva
I need to make mistakes just to learn who I am
Preciso cometer erros para aprender quem sou
And I don't wanna be so damn protected...
E não quero ser tão protegida...

Nunca, vendo Fiorela como secretária do cara mais poderoso da empresa, toda séria, eu a imaginaria sentada nesse carro se acabando de ouvir Britney Spears e sendo minha amiga de viagem para o Rio de Janeiro.

Mas nem só de música ficou nosso trajeto. Quando paramos para comer algo no meio da estrada no Graal, ela viu a foto de Ethan em meu celular e quis saber quem era.

— Meu namorado. Ele está visitando o Rio essa semana, por isso mesmo é tão importante voltar o quanto antes. Ele vai embora domingo. É americano — respondo.

— Amada, engole logo esse pão de queijo que, se eu soubesse disso, nem tinha dado ideia de pararmos aqui, imagino como você está. Como consegue namorar alguém de tão distante? — ela me faz uma pergunta que não sei responder.

— Pois é, também estou aprendendo a lidar com isso. Nos conhecemos no ano passado, em abril. E agora em julho ele apareceu de surpresa aqui. Nem eu acredito quando conto isso em voz alta — revelo.

— Então é relacionamento aberto? — ela pergunta.

— Não, eu não fiquei com ninguém. Só trabalhei esse tempo todo. Não tive outra pessoa — conto à Fiorela.

— Não sei se ia aguentar. Eu sou bem foguenta. Às vezes, tenho dois contatinhos. Porque quando um está dando problema já parto para o segundo. Não tenho paciência — ela diz, sem a menor cerimônia.

— Então você não tem nenhum namorado fixo? — pergunto, doida para ela me contar se namora ou não com o CEO.

— Ah, pego quem eu quero. Não tem dessa. Se gostar de alguém do trabalho, eu pego. Se estiver em uma festa e quiser ficar com a pessoa, pego. Eu sinto desejo, eu vou. Gosto de pessoas; se senti vontade, me entrego, entende? — completa.

Entender eu entendi, mas sigo sem saber, com todas as letras, se rola ou não a fanfic com o CEO da empresa.

Acabamos o lanche, e ela entrega a chave do carro na minha mão.

— Fiorela, eu não dirijo há muito tempo, não acha arriscado? — tento convencê-la.

— Estou cansada demais, é tão arriscado quanto, só falta uma hora. Só seguir o GPS, vamos ouvindo música, e pronto.

Respiro fundo, me benzo e entro no carro. Ajeito o banco, coloco o cinto de segurança, tento lembrar de todas as recomendações que meu pai sempre me deu e das vezes que dirigi na vida, e ligo o carro.

A direção é automática, e consigo guiar sem muita dificuldade. Relaxo um pouco e fico bem atenta com a estrada e com as sinalizações quando

Fiorela avisa que vai colocar uma música.

Ela coloca *NSYNC. Nossa, eu não ouvia isso há muitos anos.

I'm doing this tonight
Vou fazer isso esta noite
You're probably gonna start a fight
Você provavelmente vai começar uma briga
I know this can't be right
Sei que pode não ser o certo
Hey, baby, come on
Ei, baby, vamos lá
I loved you endlessly
Amei você infinitamente
When you weren't there for me
Quando você não estava lá por mim
So now it's time to leave and make it alone...
Então agora é hora de partir e seguir sozinho...

Junto com a música, tento não me distrair, mas ela faz a dança mais bizarra e engraçada que uma pessoa sentada consegue fazer e a qual já assisti em toda minha vida. Se contasse, ninguém acreditaria que ela está fazendo isso.

Meu Deus, será que ela dança desse jeito para o CEO? Lá vou eu criar mais capítulos da fanfic na minha cabeça fértil. Para ser sincera, estou amando conhecer essa nova versão dela. Nossa viagem até o Rio está sendo divertida, ouvindo músicas que nem lembrava que existiam. Minha infância e adolescência toda em uma playlist.

Do nada, ela diminui um pouco o som e puxa conversa:

— Já que faltam exatos quarenta minutos para chegarmos ao Rio, vamos conversar sobre o que nunca conversamos. — Ela me olha, e não faço ideia do que quer dizer com isso.

— Bom, Fiorela, se for sobre homens, nós acabamos de falar sobre eles horas atrás enquanto estávamos lanchando — respondo.

— Não, garota. Sobre o que mulheres fazem sozinhas com as amigas ou sem elas quando eles não estão. Por exemplo...

Estou completamente sem ideias, mas respondo o que me vem à cabeça:

— Compras? — Faço cara de que errei.

— Hum, também fazemos. Homens raramente tem paciência. Se bem que já namorei um que tinha. Mas mulheres amam se reunir com outras mulheres para verem seriados que homens héteros acham um porre. Tipo *Gilmore Girls, Desperate Housewives, Gossip Girl*... e *Sex and the City*. — Pronto, ela fala meu ponto fraco.

— Você disse o nome de um dos meus favoritos. Assisti a todos esses que você falou, mas sou completamente louca por *Sex and the City* — assumo.

— Aposto que sua personagem favorita é a que tem seu nome. Eu gosto também, mas queria ver o Mr. Big sozinho depois de tanto ter sacaneado a Carrie. Só eu tive esse sentimento? Esperei que no filme eu conseguisse me vingar... — ela diz exatamente o que penso.

— Pois é, não acredito que você pensa igualzinho a mim. Nossa, odiei quando ela largou o Aidan, ele era tão perfeito. O Big vacilou tantas e tantas vezes com ela, e aquela do casamento, nossa... eu tive vontade de matá-lo — falo isso com tanta raiva nos olhos, que rimos em seguida.

— Vou me lembrar de nunca deixá-la com raiva, que medo de você — diz.

— Acho que o seriado que vi mais vezes foi *Friends*, mas acho que esse todo mundo gosta. Pelo menos quase todo mundo — comento.

— Bom, eu não curto muito. Não que não ache graça, quando vi da primeira vez eu gostei, mas depois impliquei um pouco porque, pensa comigo: precisava demorar tanto para juntar o Ross com a Rachel? O que tinha a ver ela ficar com o Joey? Tem coisas nesse roteiro que eu não perdoei até hoje — ela analisa e eu, mesmo concordando que não gosto do que ela citou, sigo defendendo e amando essa série até o fim de meus dias.

— Mesmo assim, não canso de assistir. É o tipo de série que, se estou em um voo, com medo, e tenho muito medo de voo, eu coloco e tudo passa. Se estou triste, revejo um episódio e me alegro. Faz parte da minha vida, sabe? — explico.

— Entendo. Eu ando mais na vibe de ver coisas mais sérias, tipo *The Handmaid's Tale*. Você assistiu? — ela pergunta.

Eu, na verdade, vi a primeira temporada, achei fortíssima e ainda não assisti a segunda. Até queria ver, mas não sem antes ler o livro. Só não tive tempo.

— Vi a primeira. Nossa, ela sofre demais — respondo.

— É o que os homens fazem com a gente se não tomarmos cuidado. Tem que abrir o olho sempre. Por isso sou engajada em tudo. Pareço distraída, mas não sou — ela se rotula.

— Você não me parece distraída. Pelo contrário, sempre te achei muito séria no trabalho ao lado do senhor Hatem. Estou conhecendo seu lado mais despojado agora.

— Ah, sim, no trabalho... Estou me referindo a quem me conhece fora do trabalho, sabe? Sempre acham que toda loura é burra, que eu não entendo nada de política e que só estou onde estou porque durmo com os caras. Quer saber? Se eu dormi ou não, quem tem algo a ver com isso? — ela pergunta.

— Ninguém. Ué, ninguém — respondo. E já me sinto culpada por ter "fanficado" ela com o CEO. Ou não, porque quem lê livro hot da Amazon a vida toda já acorda criando história na cabeça até ao dar bom dia para o motorista do Uber.

Quando cruzamos a ponte Rio x Niterói, o sol bate forte no carro. São dez horas da manhã, e não sei se Ethan está ou não no hotel. Se ele não estiver e tiver saído, minha surpresa terá ido por água abaixo.

Aproveito que o carro para por causa do trânsito e mando uma mensagem:

> Bom dia. O que vai fazer hoje?

Ele visualiza e responde logo em seguida:

> Oi, amor. Eu ia sair com o Igor para corrermos na praia. Ele ia me levar em um clube de que é sócio, mas cancelei porque perdi meu passaporte ☹. Não o encontro. Estou desesperado.

— Puta que pariu! — falo em voz alta. Fiorela me olha sem entender nada.
— Aconteceu alguma coisa? — ela pergunta.
— Meu namorado, ele não sabe onde colocou o passaporte.

> Ethan, calma, procura melhor. Olha, eu te ajudo a procurar. Eu ia fazer surpresa para você, mas bom... eu estou no Rio, cheguei agora, vou para o hotel. Me espera.

> Como assim está aqui? Que notícia boa. Não quero estragar nosso dia. Eu vou achar. Venha logo, estou te esperando.

> Tudo bem, vou só passar em casa e deixar a mala. Minha mãe nem sabe que eu vim também. Se acalma, vamos achar. Te amo.

> Te amo. Tô te esperando .

— Amiga, pensa pelo lado bom, ele não pode embarcar assim. Ele está preso nesse terceiro mundo contigo. *Plot twist* perfeito — Fiorela analisa.

— Não consigo ser egoísta assim não. Ele tem a vida dele lá. Está se formando na faculdade de Música, não pode perder nenhuma aula. E vai começar uma turnê com a sua turma, o que é importante para ele. — Eu me desespero, já tendo uma crise de ansiedade pensando em tudo que ele pode perder se não embarcar no voo de domingo.

— Calma, respira. Eu estava brincando. Quer que eu dirija agora? Você ficou bem abalada com toda essa história, e pretendo continuar viva, então vamos aproveitar que o trânsito está ajudando e trocar de lugar, porque te deixo onde você quiser, você ajuda seu namorado a achar o passaporte e, se não conseguirem, faz contato com o Consulado. Olha, eu tenho o telefone de lá, vou te passar, eles atendem o senhor Hatem direto, só que é de emissão de vistos. Mas eles vão te encaminhar para o setor de passaportes para cidadãos americanos. — Ela me manda o contato pelo WhatsApp, tira o cinto de segurança e troco de lugar no carro com ela.

— Muito obrigada. Fico tensa com essas coisas. Obrigada mesmo por me acalmar. Mas ainda tenho esperança em encontrarmos — digo.

— Relaxa, você ainda vai rir disso tudo. Se continuar se estressando assim, só vai dar mais dinheiro para o fabricante de cremes antirrugas — ela tenta me animar.

Até que ela faz o trajeto para me deixar em casa, fico rezando para que a gente encontre esse passaporte e possa curtir nossa sexta, juntos. Enquanto isso, Fiorela liga o som e curte suas músicas do ano 2000. Agora ela vai de JLO.

Think you gotta keep me iced (You don't)
Acha que vai me deixar fria (não vai)
Think I'm gonna spend your cash (I won't)
Acha que vou gastar seu dinheiro (não vou)

Even if you were broke
Mesmo se você estiver falido
My love don't cost a thing
Meu amor não custa nada
Think I wanna drive your Benz (I don't)
Acha que quero dirigir sua Mercedes (não quero)
If I wanna floss I got my own
O que eu quiser, consigo por conta própria
Even if you were broke
Mesmo se você estiver falido
My love don't cost a thing...
Meu amor não custa nada...

CAPÍTULO 19

PLANO B

Mal tenho tempo de deixar a mala em casa e já pego um Uber para ir para o hotel encontrar Ethan. Passo pelo hall, apressada, cumprimentando a senhora que responde baixinho e bato na porta dele. Ele abre a porta só de calça jeans e sem camisa.

— Achou? — pergunto, quase sem conseguir respirar por ter corrido tanto.

Ele balança a cabeça negativamente, mas em seguida me puxa pela cintura.

— Vamos procurar depois? Eu não acredito que você está aqui comigo de novo. — E mesmo de calça jeans, sinto a animação dele ao encostar seu corpo em mim e beijar meu pescoço.

— Ethan, não é melhor eu tomar um banho? Estou suada, cheguei de viagem agora — tento argumentar, mas ele parece não estar me ouvindo.

Em uma rapidez impressionante, ele não está mais vestindo a calça jeans, está só de cueca e, sinceramente, quem não está mais ligando para o suor do meu corpo sou eu.

Arranco a roupa que estou usando e jogo tudo no chão até que esteja completamente nua. Ele se afasta, abre a gaveta e pega uma camisinha.

— Ainda não acabamos com todo o estoque — ele brinca, me mostrando que já está preparado.

Deitamos com nossos corpos encaixados, ouvindo o gemido de cada um como se ali matássemos não somente o desejo, mas as saudades um do outro, tudo ao mesmo tempo. Tão intenso que seria impossível tentar explicar o êxtase de me sentir preenchida literalmente por ele nesse minuto.

Mais uma vez, como ensaiados, chegamos quase ao mesmo tempo ao êxtase, e caímos exaustos um para cada lado, sorrindo de alegria.

Como sempre, sou a mais ansiosa com tudo. Volto a mim, preocupada com o passaporte dele, me enrolo no lençol e levanto, procurando por tudo que é canto do quarto.

— Você tem noção da última vez que o viu? — pergunto, enquanto vasculho até debaixo da cama.

— Eu estava usando como identidade, então levei para todos os passeios. Como é maior que minha carteira, devo ter deixado cair do bolso e não percebi — ele diz, calmo, me olhando procurar.

— Ethan, eu tenho um número do Consulado. Acho que você precisa cancelar esse passaporte para não usarem, e ver se conseguem emitir um emergencial para você. Não sei como essas coisas funcionam. Posso tentar ligar agora. Final de semana eles não vão te atender — falo, tensa, olhando para o horário.

— Tudo bem, vamos tentar. Que cabeça a minha, devia ter comprado aquelas pochetes que colocam por baixo da roupa — ele fica lamentando.

Pego meu celular e ligo para o número que a Fiorela me deu. O nome da pessoa é Luciana, ela é bem simpática.

— Bom dia, me chamo Charlotte, e meu namorado é cidadão americano e perdeu o passaporte dele. Você consegue me informar para qual número devo ligar para conseguir ajuda?

Ela informa o ramal. Agradeço e desligo.

— Consegui, Ethan. Quer ligar? Sempre acho que vão entender melhor você, afinal, você que é americano.

Ethan pega o meu celular e espera que atendam o número que disquei.

Pelo que entendo ele falando, vão atendê-lo, encaixá-lo hoje mesmo. Ele faz uns "uhum", e fico aguardando que desligue.

— E então? Me fala, vão emitir outro? — pergunto, aflita.

— Tenho que estar lá em uma hora, é longe daqui? Ela disse que fica no Centro. Eles vão me atender, sim — ele me informa, confiante.

— Ufa, preciso tomar uma chuveirada. Não acredito que vou com a mesma roupa te acompanhar, mas não vai dar tempo de mudar nada, vamos nos arrumar que você precisa desse passaporte de qualquer jeito. — Cato minha roupa e procuro uma toalha limpa.

Ethan fica parado, me olhando sem dizer nada, até que vem para perto de mim e segura meu braço.

— Parece que você está com medo de que eu fique mais um pouco por aqui — ele diz, parecendo decepcionado.

— Não é nada disso, sei o quanto você é comprometido com seus estudos e o quanto não foi barato vir para cá. Ficar mais tempo seria mais gastos e atrasos que você não estava planejando. Por que está dizendo uma besteira dessas? — De repente, ele faz eu me sentir culpada por querer tanto que ele tenha um passaporte e embarque na data certa, o que me faz lembrar de Fiorela dizendo que era uma sorte ele não ter achado o dito cujo.

— Eu sei, é bobagem minha. É que eu queria ficar mais tempo. Os dias passaram rápido demais. Você viajou a trabalho, e sei que cheguei sem avisar, mas se pudesse ficaria meses por aqui. Amei saber que teria mais um dia contigo, mesmo eu estragando qualquer plano e te fazendo ir ao Consulado comigo ao invés de passearmos. — Ele faz cara de culpado.

Coloco meus braços em volta de seu pescoço e dou um beijo em seus lábios, antes de responder:

— Não se culpe, não, porque você não imagina a aventura que tive para chegar até aqui. Me diverti muito, fiz uma nova amizade no trabalho e até vim dirigindo. Eu que morro de medo de dirigir muito tempo, peguei até estrada. Dá para acreditar? — conto.

— Dá, sim, eu acredito em você o tempo todinho. Só me belisco quando você não está comigo, porque aí fico pensando que estava sonhando e você era fruto da minha mente.

— Essa frase não é de nenhum filme, ou é?

— Não, mas... lembrei de uma. *A vida não é a quantidade de respirações que você dá, são os momentos que tiram o seu fôlego* — ele diz, e juro que já ouvi recentemente em um filme, mas não estou lembrando qual.

— É com Will Smith... droga. Não lembro.

Ele vai acertar de novo.

— Viu, quase acertou. Sim, com ele. Hitch: Conselheiro Amoroso — revela.

— Ok, mas agora precisamos ir "em busca do passaporte perdido". Dava um belo filme, não acha? — brinco com ele.

— Conheço outro filme cujas cenas podemos imitar no banheiro, já que os dois precisam de um banho. Já viu *O especialista*? Um clássico dos anos 90 com Stallone e Sharon Stone? Podemos imitar cada minuto daquelas cenas, posso até colocar a trilha sonora no meu celular. — Nem Ethan extremamente sexy me faz esquecer tudo que eu li e lembro das cenas desse filme.

Eu me viro para ele, séria, e, mesmo que esteja cortando o clima que ele queria, há coisa que precisam ser conversadas e entendidas em um casal.

— Querido Ethan, eu te amo, mas *O especialista* é um dos filmes com a cena de sexo mais anticlímax da história. É visível como Sharon Stone está incomodada na cena e sem vontade nenhuma de fazê-la. Quando eu vi esse filme pela primeira vez, reparei isso de primeira e anos depois tive certeza ao ler uma entrevista do Stallone, cara de pau, afirmando que ela não queria ficar nua e ele a obrigou — despejo a verdade.

— Bom, desculpe, para mim parecia uma cena sexy entre um casal. Eu vi quando adolescente e adorei. Não sabia que tinha uma história por trás ou que ela não estava confortável. Não reparei mesmo. — Ele baixa o tom de voz.

— Ethan, sem querer ofender, mas vocês homens são criados para verem filmes pornôs, onde mulheres são literalmente humilhadas por machos, onde só eles têm prazer e elas são meras espectadoras disso tudo, levando tapas e cusparadas. Em muitos vídeos, elas nem têm direito a gozar — falo mesmo o que penso. Nunca curti muito filme pornô por causa dessa cultura machista de só o macho satisfeito.

— Então a gente esquece *O especialista*? — Ele faz cara de arrependido.

— Por favor, quando li que Stallone disse que ela teria que ficar nua porque sempre ficava nua nos filmes e que para convencê-la lhe deu bebida, tive vontade de vomitar. Amo que a gente se inspire em filmes, mas em filmes sem esse histórico péssimo, por favor — peço.

E assim, sem nenhuma música, sem nenhuma gota de álcool, a gente entra no banho juntos e obviamente que chegaremos atrasados no Consulado Americano.

CAPÍTULO 15

O QUE ESPERAR QUANDO VOCÊ ESTÁ ESPERANDO

Não é nada disso que estão pensando. Na verdade, como eu e Ethan chegamos atrasados, a atendente do Consulado Americano praticamente nos coloca como os últimos a serem atendidos do dia.

Chegamos com vinte minutos de atraso. Ethan ficou encantado com o prédio do Consulado; todos ficam, ele toma conta de um quarteirão inteiro no Centro da cidade, é todo feito de mármore e cercado de grades, com segurança por todos os lados, além de cones imensos feitos de metal que não permitem nem que carros estacionem perto do prédio.

Aquela bandeira imponente imensa flamejando, o brasão gigantesco que dá para ver do outro lado da rua, e as janelas, das quais não se consegue ver nada que acontece lá dentro. Assim que chegamos, vamos procurar a entrada de cidadãos americanos, e há duas filas: uma para vistos de turismo, e a outra é a nossa.

A fila que nos indicaram era a dos Serviços de Imigração e Serviços aos Cidadãos Americanos, e tinha umas quatro pessoas que subiram conosco. Digo porque o estava acompanhando, veem minha bolsa e passo no detector de metal. Sinto-me no aeroporto. Ethan mostra cópias dos documentos dele no celular.

Somos encaminhados para o segundo andar que, visto do lado de fora, parecia bem maior. Vai ver a parte bonitona fica só para os cônsules mesmo. Nos entregam uma senha e indicam onde a gente pode se sentar.

Pego o celular e mando mensagem para minha mãe:

> Mãe, estou no Consulado com o Ethan, vai demorar aqui. Quando sair te ligo.

Na mesma hora, brota uma funcionária ao meu lado dizendo que não posso usar o celular lá dentro.

— Senhora, como permitiram que entrasse com o aparelho? Não é permitido. Pode ao menos guardar em sua bolsa? — pergunta. Guardo rapidamente.

Olho para o lado e vejo muitas mulheres, crianças e alguns idosos sentados do lado esquerdo da sala. Do lado que colocaram eu e Ethan, há umas três pessoas, aguardando como ele, sozinhos sem nenhum acompanhante. Algumas parecem cansadas de estarem ali e não que tinham acabado de chegar como nós. Que horas será que abriu esse Consulado?

Uma das cabines chama o nome de Ethan. Ele vai até ela explicar a situação dele, eu fico sentada aguardando seu retorno. Nesse mesmo momento, uma criança de cerca de um ano vem andando na minha direção e bate na cadeira em que Ethan estava sentado. Uma mulher, que acredito ser a mãe dela, vem atrás, um pouco atrapalhada, tentando guardar os papéis em que estava mexendo.

Faço que vou levantar a criança, mas ela chega a tempo e sorri, como se fosse me agradecer. Com o bebê em seu colo, um garotinho fofo que agora já para de chorar, ela conversa com ele.

— Eu sei, filho, é chato esperar, mas aguarde só mais um pouco. Eles já vão chamar a mamãe — ela explica, como se ele entendesse. O menino já está distraído com uma chupeta que achou pendurada em sua roupinha com uma fita. Ele agora parece com sono. Eu o entendo, a sala não tem uma televisão, só cabines e cadeiras e uns poucos livros esquecidos. Se é chato para mim que sou adulta, imagine para uma criança.

— Fofo — digo a ela, como fazemos quando não sabemos o que dizer depois de ter prestado atenção na conversa de um filho com a mãe que você não conhece.

— Ele está cansado. Viemos de Juiz de Fora até aqui e emendamos com o Consulado. Esse processo todo é muito exaustivo. Não sei mais o que querem que eu prove — ela lamenta, e fico com medo de fazer alguma pergunta, mas ainda não entendo o que ela veio fazer com o bebê aqui.

— Desculpe perguntar, mas você precisa provar o que para eles? — Sei que estou bancando a enxerida, mas saiu.

— Que tenho um relacionamento com o pai do Erik. Eu fui para os Estados Unidos passear e nos conhecemos. Acabei ficando por lá e não renovei o visto, engravidei, meu filho nasceu lá e, para me legalizar, me mandaram voltar ao Brasil. Estou há cinco meses já longe do meu esposo, que está lá, e não posso voltar — ela tenta explicar.

— Você casou com ele lá? — pergunto, tentando entender ainda.

— Não casamos no papel. Fui morar com ele. Quando engravidei, fui me informar e não me recomendaram a dar entrada antes de a criança nascer. Aí, quando ele nasceu, o advogado disse que seria melhor eu fazer o processo aqui. Meu marido veio cinco meses atrás, nos casamos no civil e demos entrada para eu voltar para lá. Agora estão analisando, mas isso leva tempo, o *Departamento de Segurança Interna dos Estados Unidos* não permite mais nem que eu visite o país por poucos dias, e meu marido não vê o filho. Estou desesperada.

Fico com pena dela, e me imaginando se tivesse ficado com Ethan em Nova York desde que nos conhecemos. Imagina que loucura. As pessoas se apaixonam e se entregam mesmo, mas as leis de imigração são cruéis.

O bebê Erik fica acordado novamente e quer descer do colo da mãe. Ele logo anda para o outro lado da sala e ela me dá tchau. Nem sei o nome dela, mas sei seu drama com a família.

— Boa sorte com seu processo, vai dar tudo certo — eu digo, mesmo desconhecendo as leis americanas de imigração e só sabendo que o presidente atual não é lá muito chegado em ajudar famílias a se unirem, conforme suas plataformas políticas.

Ela me agradece e vai atrás do filho. Ethan retorna e diz que precisa tirar fotos no andar de baixo, para eu aguardar mais um pouco que ele já retorna.

— Tudo bem você ficar aqui esperando? Sei que é chato, mas pelo menos estamos juntos — ele tenta me animar.

— Não se preocupe, já fiz algumas amizades aqui — brinco com ele, mostrando o bebê fofo que não para quieto e a mãe que tenta fazê-lo se sentar ao lado dela.

Na sala, toda de madeira, há somente um bebedouro bem antigo, a foto de Donald Trump sorrindo bem ao lado dele quase me faz vomitar, pois nunca fui com a cara dele. Na verdade, é bem raro eu gostar de políticos, mas por Barack Obama eu tinha uma simpatia rara. Esse Trump,

RAFFA FUSTAGNO

por outro lado, não me desce. Seus discursos xenofóbicos me embrulham o estômago. Mas vou até lá porque minha sede é maior do que meu ranço.

Tenho que olhar para ele enquanto espero o copo de água encher. Percebo que há uma moça parada atrás de mim, paro um pouco de lado porque ela está praticamente colada e há espaço suficiente para que não precisemos ficar grudadas. Então entendo que ela quer puxar assunto quando passa a sorrir. Meu copo enche, eu passo a beber a água e ela nem sequer pega um copo para beber.

— Você também é visto K1? — ela me pergunta baixinho.

— Oi? Eu não vim aqui tirar visto — respondo, em um tom um pouco mais alto, parando de beber minha água.

— Desculpa, é que estou tão nervosa, queria conversar com alguém na mesma situação. Vi que seu noivo veio junto, o meu não pôde vir. Achei isso terrível, vi noivas com os americanos, mas vou passar pela entrevista sozinha. — Ela está visivelmente nervosa.

— Olha, eu acabei de conversar com uma esposa de um americano e ela está um tempo sem ver o marido também. Talvez seja melhor você conversar com ela, porque eu não sei nada disso, nem sei o que é um visto K1 — tento acalmá-la, mas pelo visto eu que estou ficando nervosa com ela quase chorando.

— K1 é o visto para noiva de cidadão americano. Eu sou noiva de um, aí preciso passar por entrevista com o cônsul provar que nosso relacionamento não é fake para ele me deixar viajar e casar com ele lá nos Estados Unidos. Eu tenho três meses para isso — explica.

— Ah, mas então ele vai deixar. Vocês não são namorados. Ele vai ver isso e vai aprovar. Fique tranquila — tento fazer a pessoa com zero ansiedade.

— Mais ou menos. Eu conheci o Edward pela internet, achei lindo o nome, sabe? Sempre gostei de *Crepúsculo*, minha festa de quinze anos teve esse tema e tudo. Mas, enfim, eu me apaixonei por ele on-line e começamos a namorar. Estamos juntos há um ano — ela diz, o olhar apaixonado como se lembrasse do rapaz que tem nome do vampiro dos livros de Stephenie Meyer.

— Ah, sim, mas vocês nunca se encontraram? — Estou quase uma entrevistadora esses dias, nunca fiz tantas perguntas sobre a vida dos outros em tão pouco tempo.

— Claro que sim. Nos conhecemos sete meses atrás, ele veio para o Brasil passar um mês comigo aqui e tivemos certeza de que ficaremos juntos para sempre. É um amor de outras vidas, meus pais também sentiram isso. Não sou daqui do Rio, sou de Porto Alegre, mas os vistos desse tipo só são emitidos aqui. Ele me pediu em casamento no fim da viagem e deu entrada assim que chegou nos Estados Unidos. Bonita a nossa história, não acha? — ela me pergunta, ainda com olhar sonhador.

— Sim, muito bonita. Mas então o cônsul não tem por que não acreditar no amor de vocês, certo? Tem critérios para aceitar? — A leiga querendo entender tudo em um dia só, enquanto aguarda o namorado ter o passaporte emitido.

— Depende, tem muita gente que paga um americano para fingir que casou, para ter o *Green Card*, aí a imigração fica vendo essas coisas. Tem que guardar tudinho, mensagens, fotos, vídeos, presentes, tudo que você conseguir para provar que são mesmo um casal. E o processo não é rápido, leva uns seis meses para chamarem para essa entrevista, e pode ser que não seja somente uma não — ela explica.

— Vai dar tudo certo — digo mais uma vez, sem ter a menor noção se vai dar mesmo, mas é a primeira coisa que penso. E se estivesse no lugar dela já tinha tomado um Rivotril, porque estaria que é só ansiedade.

Ethan chega e acena para mim.

— Meu namorado voltou. Te desejo boa sorte. Como é seu nome? — dessa vez pergunto.

— Isabela, mas gosto que me chamem de Bela — ela responde. Ah, claro, Isabela e Edward, como o cônsul vai separar esses dois? Só se ele for Team Jacob.

— Me chamo Charlotte, foi um prazer — finalizo, indo até onde Ethan está.

Quando me sento ao lado dele, o turista faz várias perguntas.

— Você já tinha vindo aqui? Achei o prédio lindo. — Ele, para variar, acha tudo belo na cidade.

— Vim uma vez, mas para renovação é em outro local menor. Aqui era embaixada antes. O Rio de Janeiro já foi capital do Brasil, hoje é um lugar chamado Brasília, o Distrito Federal, então todas as embaixadas ficam lá. Tudo que tinha por aqui virou Consulado, mas vários são assim enormes porque antes eram Embaixadas. — Dou minha rasa explicação com o que sei da história da minha cidade.

— E você descobriu o que com suas amigas de espera?

— Que casar com vocês americanos é um inferno. Deus me livre. Tem que provar tudo, deve até ter que mandar *sextape* para o cônsul. A mulher tem um filho e tem que mostrar que é casada de verdade, a outra foi pedida em casamento e precisou mostrar até mensagem de WhatsApp. Uma trabalheira que só de olhar me cansa. — Reviro os olhos.

— Por que está dizendo isso? Já está pensando que vai ter que reunir tudo quando eu te pedir em casamento? — ele faz essa pergunta assim, como se me chamasse para tomar um café na saída do Consulado.

— Isso lá é coisa com que se brinque? O cônsul ia negar, dizer que tivemos um relacionamento com pouca intimidade, nos vimos muito pouco, colocar na minha ficha "visto negado" com carimbão vermelho. — Eu rio, mas no fundo é de nervoso.

— Você é muito dramática. Qualquer um percebe que a gente se ama de verdade — ele diz.

— Qualquer um, menos a imigração americana, que pede provas de cada segundo do casal juntos. Teríamos que convencê-los de que não somos uma fraude. E que eu não estou com você por causa de um *Green Card*. — Pisco para ele.

— Hum, isso pode ser perigoso. Você tem cara de quem se aproveitaria de mim por causa de um *Green Card*. De quem armou tudo aquilo no Starbucks para me deixar apaixonado por você e me fisgar. É, o cônsul não vai mesmo acreditar — ele diz isso na cara de pau.

— Olha aqui, seu ridículo, quem derrubou café em quem? Quem chamou o outro para sair? Acho que quem deu o golpe foi você. Eu caí porque sou boba.

— Você caiu porque sou irresistível. Assuma. — Ele me beija, e fico sem graça, porque o lugar está cheio de pessoas de diferentes idades.

A luz da cabine acende e chamam o nome de Ethan. Do outro lado, o da imigração, o cônsul ainda está dando chá de cadeira em todas aquelas pessoas à espera da entrevista, enquanto a fila dos cidadãos americanos está andando bem mais rápida.

Ethan retorna com dois passaportes. Fico sem entender.

— Eles falaram que devolveram o antigo, alguém encontrou e entregou no Consulado, mas, por precaução, inutilizaram, mas ele está com meu visto brasileiro, então preciso dos dois. Vou usar de agora em diante esse novo que fizeram de emergência junto com o antigo só para sair do país mesmo. — Ele guarda os passaportes.

Damos as mãos e descemos as escadas juntos, sozinhos nela. Antes de sairmos do Consulado, eu o puxo e digo em seu ouvido:

— "Comprar aquela passagem, Ethan, foi a melhor coisa que já me aconteceu... ela me trouxe para você"! Adivinha... — sussurro.

— Jack para Rose, em Titanic; mas ele ganhou, não comprou. Porém amei a adaptação. — Ele acerta.

— Ponto para você, Ethan.

— Errado, ponto para nós, que nos conhecemos. — E assim saímos do Consulado, abraçados, decidindo nosso próximo destino.

Capítulo 16

BRILHO DE UMA PAIXÃO

Andamos reto até o metrô, mas Ethan, como um bom turista, se encanta mais uma vez com a Praça da Cinelândia à sua frente, e o que chama sua atenção é exatamente o Starbucks, local onde nos conhecemos em Nova York, e o imenso cinema Odeon ao lado.

De longe, observamos as pessoas passando de um lado para o outro, sempre com pressa. Algumas esbarram na gente sem pedir desculpas. Carioca, nesse quesito, se parece demais com os nova-iorquinos. Puxo Ethan para o canto até que ele me diga o que quer fazer nessa sexta em que o maior problema já foi resolvido.

— O cinema, ele é imenso. Abre cedo? — pergunta.

— Não, Ethan, a primeira sessão é às 14h30, ainda falta um bocado. E o filme é nacional, sem legendas. Você não vai entender nada. — Observo o letreiro, me aproximando mais do cinema, e está escrito BACURAU.

— Puxa, que pena. Quer um café? — ele me oferece e, como minha barriga já está pedindo por algo, penso na fatia de bolo de laranja com pão de queijo e o café que amo do Starbucks. Obviamente, aceito. Entramos na loja e, enquanto ele paga, acho que é uma boa ideia sentarmos no segundo andar, de onde ele poderá ter uma visão melhor da praça toda. Para turista, isso deve ser mágico.

Assim que a atendente fala nossos nomes, subimos e sentamos na varanda, vemos o vai e vem de pessoas e, como uma criança curiosa, ele faz mais uma pergunta:

— Amor, o que são essas bicicletas laranjas que já vi várias na cidade inteira. É preciso fazer parte de algum clube? — Enquanto ele faz essa pergunta, começo a rezar para que ele não invente de alugar uma bicicleta dessas, porque estou caindo de cansada, mas aposto que ele vai querer.

— Não, tem um banco famoso aqui no Brasil, ele é dono dessas bicicletas. Você precisa baixar um aplicativo no celular, paga diretamente a eles e aluga a bicicleta, depois você só precisa devolver em outro local que tenha um bicicletário deles. Há vários espalhados na cidade toda — explico.

— Que máximo. Você consegue alugar pra gente? — Ele arregala os olhos, animado, para o meu total desespero.

— Acho que cada pessoa só pode alugar uma por vez, mas você pode baixar o aplicativo no seu. A Juli uma vez me fez baixar no meu. Só andei uma vez, Ethan, eu não ando muito bem de bicicleta. Acho bom você saber que o Rio é perigoso e que muitas vezes ser assaltado aqui faz parte do pacote de turismo. Então, por favor, vamos pegar o metrô que é mais seguro? — Sorrio, mas acho que fui pouco convincente.

— Amor, eu sei, mas a cidade está lotada, a gente podia andar só um pouquinho aqui no Centro. A minha amiga do voo, aquela senhora, lembra? Ela disse que eu não podia ir embora sem conhecer o CCBB, que é lindo demais. Tem uma exposição que é de Paulo Klee, chama *Uma viagem ao Brasil*, que eu fiquei interessado, olha aqui. — Ele abre o celular e mostra a página do CCBB com as informações da exposição. — "Com cerca de 100 trabalhos divididos em oito módulos, a mostra recompõe, quase que na totalidade, a trajetória artística do pintor. Contém obras produzidas desde a sua infância até as séries produzidas já no final da vida do artista…" — narra.

— Tudo bem, Ethan, nós vamos. Você prefere ir lá em vez do Pão de Açúcar? Porque só vai dar tempo de ir em um deles. Infelizmente, amanhã já é sua reunião de despedida — lembro.

— Sim, sim. Vamos alugar a bike? — Ele se anima.

Nossa, que animação para ir na exposição. Minha perna já está doendo só de pensar em pedalar até o CCBB, estamos praticamente no início do Centro. Vou ter que me colar inteira de Salompas e tomar uma caixa de Dorflex quando chegar em casa.

Termino de comer, mostro a ele qual aplicativo certo precisa instalar, ele termina de cadastrar o que precisa e descemos para meu dia de Charlotte aventureira.

Quando subo na bicicleta, já me desequilibro. É uma habilidade incrível da pessoa com os pedais! Já Ethan tira de letra, parece até um profissional.

Quando o cara é gato, até a bicicleta encaixa nele sem precisar adaptar o banco, nada. O meu demora até achar uma posição menos sofrida para o meio das minhas pernas.

Há uma ciclovia criada pela prefeitura no Centro? Claro. Mas nem todo mundo respeita, ainda mais porque temos que disputar alguns espaços com VLTs, carros e pedestres, que passam correndo na frente, mesmo quando o sinal está fechado para eles. Lembram daquela música da Adriana Calcanhoto que dizia que "cariocas não gostam de sinal fechado"? Pois é, não suportam, nem quando são pedestres, nem quando são motoristas. Eles apenas ultrapassam.

Mas isso parece incomodar somente a mim, que sigo atenta. Ethan está no fantástico mundo dele, curtindo cada prédio que passamos e perguntando um a um. Alguns ele já conhece, como o Theatro Municipal, o Museu Nacional de Belas Artes, que passamos na porta naquele dia, mas outros vão lhe chamando atenção e, por mais que a gente não entre, ele para na porta e lê as placas me perguntando sobre o que se trata.

— Esse prédio aqui que toma conta do quarteirão todo é a Biblioteca Nacional. É lindo demais por dentro, mas eu nunca entendo porque a fachada está sempre em obras e nunca acabam de reformar. Pertence ao governo, como tudo aqui que envolve eles. Deve ter alguma corrupção que atrasou as obras — lamento, enquanto Ethan tira o celular do bolso e tira algumas fotos do prédio cheio de tapumes; para meu desespero, que sou neurótica com medo de levarem o celular dele.

Para mim, essas paradas são ótimas, porque meu fôlego que é quase zero se recompõe nesses momentos. A cada pedalada, sinto que Jesus está me chamando, e nem sei mais o que é ter coluna, porque a minha foi com Deus.

Quando mudamos o trajeto para uma rua de dentro, Ethan para e avista a Catedral Metropolitana. Ele fica alguns segundos olhando a arquitetura, querendo saber mais.

— É Igreja Católica? — ele pergunta.

— É sim. Chama Catedral Metropolitana, é católica sim. Lá dentro, tem uns vitrais bem bonitos, muito tempo atrás eu entrei com minha avó, mas depois nunca mais fui. Quando tem missa importante aqui no Rio, costuma ser nesse local — informo o básico, que é o que sei.

Para minha sorte, ele se dá por satisfeito e seguimos pedalando até que ele começa a fazer zigue-zagues muito loucos que mal consigo acompanhar. Peço para ele parar para comprarmos uma água. Quando vejo, já estamos em frente ao prédio Menezes Cortes com a Assembleia Legislativa do Rio de Janeiro à nossa frente. Enquanto peço minha água, estou só contando os segundos para ele me perguntar o que é esse prédio, e nem sei como explicar que é ali que um monte de gente em quem votamos sempre errado decide pelas nossas vidas. E que seguem roubando nosso dinheiro. Nem eu consigo explicar como os brasileiros entraram nesse ciclo vicioso e burro, onde aparentemente ninguém se salva.

— Que prédio lindo, amor, aqui é governo também? Quem é esse da estátua? — Ele se empolga.

Respiro fundo para não despejar todo ranço dos políticos que tenho acumulado por anos, e respondo como uma lady. Até busco no Google para responder com precisão e ser neutra.

— "Assembleia Legislativa do Estado do Rio de Janeiro é o órgão de poder legislativo do estado de Rio de Janeiro, exercido através dos deputados estaduais". — Sorrio amarelo. — E esse homem na frente é o Tiradentes, chama Palácio Tiradentes o prédio. "Joaquim José da Silva Xavier, o Tiradentes, foi um dentista, tropeiro, minerador, comerciante, militar e ativista político brasileiro, que atuou nas capitanias de Minas Gerais e Rio de Janeiro" — finalizo minha miniaula de História.

— Você é engraçada, acho que não gosta muito desse lugar. Vamos para o CCBB. — Ele percebe. Creio que não consigo disfarçar muito bem o que sinto.

Subimos em nossas bicicletas, que não são nossas, e vamos em linha reta para o CCBB. Gostaria de dizer que o trajeto é pequeno, mas você certamente vai pensar em mim com muita raiva se um dia vier ao Rio e alugar uma bicicleta e tentar fazer esse trajeto. Só uma pessoa apaixonada, com um namorado lindo desses e com um último dia útil para passar com ele em seu país para aceitar essa travessia digna de um triatleta. E olha que estou mordendo minha língua diariamente por tudo que disse que jamais faria se me apaixonasse. Mas vocês são prova de como Ethan vale cada mudança em minhas próprias regras e que, no fundo, só eram a prova de que eu fugia de amar alguém de verdade por medo de me machucar.

O CCBB, ou melhor, o Centro Cultural Banco do Brasil, que é o nome oficial, antigamente funcionava como um banco, mas há anos que virou esse local lindo com uma livraria no térreo, um charmoso café e com uma exposição em cada andar, além de um teatro com preços populares.

Já vim algumas vezes com o pessoal do trabalho e é mesmo um lugar agradável. Além de ter uma arquitetura belíssima em linhas neoclássicas, conta também com uma biblioteca pública e com mostras que passam por aqui e por outras cidades como Belo Horizonte e São Paulo. Não preciso explicar muita coisa para Ethan, porque logo depois que estacionamos as bicicletas e entramos, ele fica todo feliz na central de informações, pegando todos os panfletos em inglês e se informando de todas as exposições e história do local.

Por mais que eu tenha vindo aqui com minha mãe e com amigos do trabalho, estar com ele é diferente. É verdade que a paixão faz com que os lugares se tornem especiais e nos marquem para sempre. Tenho certeza de que vou lembrar com carinho de cada lugar que estou passando com ele, até mesmo da bicicleta laranja que hoje está machucando o meio das minhas pernas e que não vejo a hora de devolver e sentar em um bom metrô, ou, melhor ainda, me esparramar no banco traseiro de um Uber.

Ethan está entretido em um dos panfletos quando reparo que seu semblante deu uma desanimada.

— O que houve? Tem algo que não está em cartaz hoje e você queria muito ver? — pergunto.

Ele então me mostra o panfleto da exposição de Paul Klee e explica:

— É que o artista que achei que tinha pintado o Brasil na verdade nunca esteve aqui. Ele era suíço e a mostra tem esse nome porque é a primeira vez que cento e vinte obras dele estão expostas no país. — Ele faz cara de desolado. Acho que Ethan ficou esperançoso de ver coisas típicas brasileiras expostas nos quadros.

— Olha, namorado, eu não conhecia o Paul Klee. Já estamos aqui, vamos conhecê-lo, ver o que ele pintou e curtir esse espaço lindo, que tal? Sempre é bom descobrir artistas novos — tento animá-lo.

Acho que funcionou. Ele guarda os panfletos no bolso, prende melhor o cabelo que está quase caindo no rosto, coloca a mão na minha cintura, beija meu rosto seguidas vezes e diz em seguida:

— Ele poderia pintar bonecos de palito que na sua presença tudo ficaria lindo. Vamos lá tirar muitas fotos juntinhos. E... promete uma coisa? — Ele agora segura minha mão direita.

— Sim, mas quero saber o quê? — digo, curiosa.

— Não solta da minha mão mais. O passeio todo, só se tivermos que soltar, e até eu embarcar, a gente não vai parar de ser ver, combinado? — ele pede.

E eu, claro, aceito. Por mim, fazia esse trato para sempre, mas a gente sabe que para sempre não depende somente da gente.

Capítulo 17

POR UM SENTIDO NA VIDA

Nossa saga ciclística não cansou somente a mim, Ethan também ficou só o pó. Quando perguntei a ele qual o nosso próximo destino, ele me pediu, quase implorando:

— Vamos ver um filme na sua casa, por favor. Comer pipoca, desde que a gente fique deitados, descansando.

Achei graça. Sabia que era o típico programa em que estamos tão exaustos que vamos acabar cochilando no meio do filme.

Só precisamos definir se faríamos no hotel dele ou na minha casa. A televisão do meu quarto é muito grande, minha cama é de casal, mas tem o fator minha mãe e meu mais novo padrasto, que praticamente agora mora na minha casa, e no hotel temos total liberdade. Mas, pensando pela exaustão de somente dormimos de verdade e de que amanhã precisarei ajudar a arrumar a festa dele — e gostaria muito de não ter que pensar nisso, mas a realidade sempre me chama —, é melhor eu já estar em casa.

Nossa decisão foi em conjunto e ele concordou na mesma hora, para minha mais sincera alegria.

— Vamos devolver as bicicletas aqui em frente ao CCBB, passamos no seu hotel para pegar roupas para você dormir lá em casa e já poder ficar direto para sua festinha. Pedimos delivery e colocamos um filme. Se a gente dormir, dormiu. — Pronto, resolvido.

Assim seguimos nosso planejamento e mal sinto minhas pernas quando me esparramo no banco do carro. Ethan ainda faz uma massagem com o pouco espaço que temos, o que alivia um pouco as dores, mas continuo mal as sentindo.

Quando chegamos no hotel, fico impressionada com a rapidez dele em arrumar a mochila. Acho que em cinco minutos ele me diz que está pronto.

— Tem certeza? E o passaporte? Guardou direito? Pelo amor de Deus! — digo isso e fico me sentindo a mãe dele e não a namorada, mas ele parece fazer as coisas tão rapidamente sem verificar duas vezes que me deixa nervosa.

Ele balança a cabeça afirmativamente.

— Estou pronto, amor, vamos.

Chamo outro Uber e, dessa vez, uso o elevador do hotel. Minhas pernas não aguentam nem um lance de escada. Quando chegamos em casa, não há ninguém, somente a gente. Minha mãe provavelmente foi resolver as coisas da festa e Roger deve estar trabalhando. Confesso que me dá um alívio, porque assim eu e ele podemos ficar à vontade no quarto. Por mais que eu saiba que mais tarde a casa não vai mais estar nesse clima de "enfim sós".

Vocês devem querer me ouvir dizer que tomamos banho juntos e mais uma vez fizemos sexo em todas as posições, mas eu estaria mentindo, porque mal consigo abrir minhas pernas direito. Na verdade, até para tirar a roupa estou com dificuldade. Estranho, porque quando era mais nova eu lembro que a dor muscular vinha no dia seguinte, agora ela vem muito rápido. Não dá uma trégua para eu fingir que não senti nada com essa maratona?

Ando como se tivesse 112 anos e me jogo na cama assim que saio do banho, Ethan toma banho no outro banheiro e, mesmo cansado, está muito melhor do que eu, que pareço saída de um desenho atropelada pelo Papa-Léguas.

A situação da pessoa que vos fala é de entrega total, toda descabelada em cima da cama, cheia de dores e zero arrumada. Coloquei uma calça de moletom rosa, porque carioca sente frio em julho, uma camiseta um pouco surrada e um casaquinho. Pelo menos não estou fedida. Ethan é lindo de qualquer forma, ele sai do banho de bermuda. Eu, morta de frio, ele de bermuda e sem camisa! Isso devia ser crime, eu mal consigo mexer meus braços, gente. Como vou agarrá-lo?

Ele usa os seus, que amo cada centímetro, para prender aquele coque que me deixa ainda mais louca e se joga na cama ao meu lado, com os cabelos molhados e um cheiro maravilhoso do meu shampoo, mas nos cabelos dele parecem ficar mais cheirosos ainda.

Ele aperta minha barriga — algo que eu odeio, mas com ele fazendo eu amo — e me pergunta:

— E então, vamos assistir ao quê? — Gente, esse homem não estava cansado? Quem trocou a pilha dele no banheiro? Pelo amor de Deus?

— Toma — entrego o controle remoto da TV nas mãos dele —, pode escolher. Eu certamente vou cochilar, é muita coisa para um dia só. Olha minha mala, ainda nem desfiz. — Olho para o canto de onde ela me olha, intacta, com minhas roupas sujas implorando para serem lavadas.

— Ok, mas isso é um perigo, porque nem sempre temos o mesmo gosto. Vamos ver então, eu escolho qualquer um? — Ele se anima.

Eu me aninho no travesseiro confirmando com a cabeça e já fechando um dos olhos.

Ele liga a TV e coloca na Netflix, zapeia por vários filmes até que parece achar um interessante.

— Acredita que nunca vi esse aqui? Já vi outros filmes com ela, mas o mais famoso nunca — ele fala, mas sem citar nem o título muito menos a atriz. Sou obrigada a abrir os olhos e virar a cabeça para ver de quem ele está falando.

E quando o faço é sobre o clássico *noir* da década de 90, Instinto Selvagem, com Sharon Stone e Michael Douglas.

— Você tem um crush na Sharon, né namorado? — pergunto.

— Gosto de mulheres mais velhas. — Ele pisca, enquanto me encara.

— Sério que você nunca viu esse filme? Não tem absolutamente nada demais, a não ser que você seja um adolescente de década de 90. Não há nada que não tenhamos visto.

A verdade é que tenho sentimento de amor e ódio com esse filme. Entendo que, por um lado, algumas mulheres viram naquela época que a sensualidade e o poder de persuasão da personagem de Sharon Stone, uma escritora acusada de matar o namorado durante o sexo e que manipulava os investigadores com toda sua sensualidade e uma cruzada de pernas sem calcinha, fez com que o filme virasse um clássico.

Mas hoje em dia, após ler entrevistas com a atriz em que ela conta os bastidores, já não acho tão bacana assim. E as cenas chocantes da época estão em qualquer filme de streaming que seja lançado. Os tempos definitivamente mudaram. Ethan para de olhar para televisão, apoia o braço na cama e faz um olhar apaixonado. Não entendo o que falei que o deixou assim.

— O que foi? — pergunto, curiosa, dando aquela ajeitada no cabelo para parecer menos assustadora.

— Eu amo como você sabe sobre todos os filmes, lembra de falas e ainda leu sobre os bastidores. Se eu não soubesse que trabalhava como engenheira, acharia que estudou Cinema na faculdade — ele diz.

Já me perguntaram muitas vezes porque não fiz faculdade de Cinema, já que amo tanto filmes, mas também amo meu trabalho como engenheira. Não me vejo atuando no ramo, só gosto de assistir e saber mais sobre o tema.

— Sabe qual a fala mais famosa desse filme? Uma que a personagem da Sharon dizia: "Eu não estava saindo com ele. Eu estava fodendo com ele".

— É o nosso caso? — Ele me puxa para perto.

— Não, no nosso caso a gente sai e fode. Não necessariamente nessa ordem, mas hoje eu estou fodida de outra maneira. Sem conseguir me mexer porque meu namorado achou que eu era o Lance Armstrong. — Desabo no peito dele, enquanto recebo um carinho maravilhoso na cabeça.

— Ele não é um bom exemplo. O cara se dopava, lembra? — ele diz.

— Não o julgo, imagina as dores que ele sentia — falo brincando. Obviamente sei que ele não usava para dores e sim para melhorar o desempenho nas competições.

A última frase que recordo ter dito é essa, porque caio no sono em seguida e quando acordo me deparo com a televisão desligada, o relógio do meu quarto marcando quatro e quinze da manhã e Ethan, todo torto, dormindo ao meu lado. Provavelmente me mexi tanto que saí dos braços dele em algum momento.

Sento-me na cama e minha barriga ronca. Não comi nada, minhas pernas estão doendo ainda. Faço o máximo de esforço para que Ethan não acorde, mas acho que ele não está com o sono tão pesado assim. Logo que consigo me sentar na beira da cama, ele se espreguiça e abre os olhos.

— Está tudo bem, amor? Tá sentindo alguma dor? — Ethan se senta ao meu lado, colocando a mão nas minhas costas, aparentemente preocupado.

— Não, na verdade, eu dormi demais. Estou com fome só, você viu algum filme? — pergunto, ainda sonolenta.

— Vamos por partes: assisti ao filme Instinto Selvagem. E você tinha razão, não é o melhor filme do universo, mas as cenas de sexo são bem legais, podemos inclusive imitar. — Ele faz cara de safado, me olhando.

— Claro, só preciso de um picador de gelo — respondo, me referindo à cena de assassinato do filme.

— Ops, não, retiro o que disse. Vamos falar sobre sua fome. Sua mãe esteve aqui no quarto algumas vezes, mas você estava dormindo bem pesado e ela não quis te acordar, então ela preparou lanches pra gente. O meu já foi devidamente devorado, e devo dizer que estava maravilhoso. O seu está ali em cima. — Ele aponta para a mesa do meu computador.

Levanto, acendo o abajur para enxergar alguma coisa dentro do quarto, sento-me na mesa do computador e devoro o sanduíche. Nossa, acho que comeria uns dois desse agora. Com a boca ainda cheia, olho para Ethan e cai a ficha de que é nossa última noite juntos. Amanhã ele já pega o voo e sabe-se lá quando nos veremos novamente.

O nervosismo é tanto que deixo a fome de lado, deixando o sanduíche mordido no prato e indo direto ao assunto antes de perder a coragem.

— Namorado, não acredito que passou tão rápido. Que vamos ficar mais um tempo separados. Eu só queria saber como vai ser agora… não sei se estou pronta para mais um período de incertezas — falo, desanimada.

Ethan dessa vez não é a animação em pessoa. Ele faz uma cara triste para mim e olha para baixo, até que finalmente fala algo:

— Não sei. Juro que não sei. Vai ser difícil pra caralho. Não vou mentir. É horrível ficar longe de você. Queria dizer que vai ser tranquilo, que o tempo passa rápido, mas a gente já viveu tudo isso e, da primeira vez, a única coisa que me animava era pensar que eu queria juntar grana para te fazer essa surpresa e estar aqui hoje — ele confessa.

Por um lado, fico feliz que eu não seja o lado pessimista da relação, mas relacionamentos à distância não são fáceis de serem vividos.

— Preciso te contar sobre meu trabalho. Essa semana minha conversa com meu chefe não foi somente só uma promoção. A ida dele para Dubai quer dizer que eu também posso ser mandada a qualquer minuto para outro país ou estado. O Brasil não passa por um momento bom no setor que atuo, com essa crise econômica é comum que sejamos expatriados, mas isso não é uma escolha, então eu posso ir morar em um país ainda mais longe de você — desabafo, arrasada.

Ethan se levanta, agacha-se na minha frente e coloca as mãos nas minhas pernas.

— Fica tranquila. É difícil, mas daremos um jeito. Eu vou pedir demissão do meu trabalho do Starbucks quando chegar, porque só falta uma matéria para eu me formar na faculdade. E poderei participar das turnês com a Sinfônica pelo país todo, ganhando cachês mais altos. Assim que tiver folga na agenda, te visito onde você estiver — ele tenta me animar.

— Ai, namorado, eu sei que isso é ótimo, mas vai levar meses para nos vermos de novo, e eu vou morrer de saudades. Em um mundo justo, a gente moraria pelo menos em um lugar onde poderíamos nos ver nos finais de semana — falo, sonhando.

Acabo de comer, aproveitamos a noite agarrados e adormecemos juntos novamente. Pelo menos agora tirei o peso das costas de não estar escondendo nada mais dele.

CAPÍTULO 18

A ÚLTIMA RESSACA DO ANO

Somos acordados ao mesmo tempo, um som alto que parece vir da sala, e logo estranho, porque a minha mãe nunca ouve música alta. Acordo no susto e vou cambaleando até a sala, e me deparo com Roger mexendo no *home theater*, testando as caixas.

— Bom dia, desculpa se te acordei. Estamos preparando as coisas para a festa do Ethan hoje. Que tipo de música querem? Serei o DJ Alok, aquele que está na moda, né? — Ele sorri, imitando um DJ, como se mixasse algo à sua frente. Tento não parecer antipática, afinal, o cara está tentando ajudar na festa do meu namorado, mas são nove horas da manhã e ele está colocando o som nas alturas.

Minha mãe sai de dentro da cozinha com uma sacola e me entrega.

— Olha tudo que comprei para enfeitar a mesa. — Dentro da sacola há balões de diversos formatos e letras, certamente para formar alguma mensagem que ainda desconheço.

— Mãe, não é aniversário, é uma festa de despedida. Que mensagem vou colocar? — pergunto, sem entender nada.

— Ah, filha, aqui você junta e forma em inglês "See You Soon, Ethan". Pedi ajuda da moça da loja ela disse que era "Até Breve, Ethan". Tem todas as letras aí e os balões para pregar na parede. Pode colar com isso aqui que não estraga — explica. Eu sabia que ela ia se empolgar.

Ethan chega na sala. Havia colocado uma camiseta e penteado os cabelos, agora dá "bom dia" para todos e se oferece para ajudar.

— Pode vir aqui ajudar a encher os balões de sua festa. — Mostro para ele o monte de itens da mesa que minha mãe comprou.

— Deixa ele, Charlotte. Antes, tomem café. Coloquei lá na cozinha, aí depois vocês arrumam aqui na sala. Ah, o Roger vai sair para buscar as bebidas, preciso que depois me ajudem a virar o sofá, minha coluna está péssima. — Ela dá as ordens de tudo que precisa.

Lembro então que não disse ao meu pai que Ethan está no Brasil. Aliás, não falo com ele há dias. Resolvo tomar café e depois ligar para saber se quer vir hoje à noite, por mais que eu ainda ache que o clima não será dos melhores.

Mando mensagem para Igor e Luíza no grupo que temos com Ethan, e um áudio para Juli confirmando horário. Ela diz que vai trazer vodca. Meu Deus, vai ter mais bebida que gente nessa festa hoje.

Todos vão confirmando. Quando ligo para meu pai, percebo o tom dele mudar quando aviso sobre o namorado de minha mãe.

— Você vem, pai? Se quiser, posso te ver no outro final de semana? — dou a ele essa opção.

— Irei, sim, filha, quero muito conhecer o famoso Ethan. Mais tarde estarei aí — confirma.

Sei que ele está sozinho, talvez tenha se arrependido depois de tudo que fez, mas não dá para chorar pelo leite derramado.

Assim que abro a porta do quarto, dou de cara com Ethan.

— Quer ficar aqui? — pergunto.

— Preciso só de um tempinho para mandar um e-mail para faculdade, posso usar seu laptop? — pergunta.

— Claro, fica à vontade. — Desbloqueio a tela. — Tenho que ir para a sala. Vou colocando as letras. Quando acabar aí, vai lá me ajudar, por favor — imploro.

Volto para a sala e Roger avisa que vai buscar as bebidas, aproveito para avisar minha mãe da vinda de meu pai.

— Acho ótimo que ele venha. Somos dois adultos, precisamos lidar com maturidade com essas coisas. Não podemos fugir um do outro, temos uma filha juntos — ela simplifica.

Enquanto colo as letras com certa dificuldade, Ethan chega após mais de vinte minutos, e brinca comigo:

— Acho que alguém é baixinha para essa função. — Ele gargalha.

— É porque meu namorado muito mais alto não estava aqui — digo. E olha que nem sou baixinha. Mas provavelmente colei alguma letra torta.

Minha mãe diz que está ótimo, graças a Deus.

— Eu amei, vou arrumar em cima da mesa, que eu levo mais jeito. — Essa é a forma de ela dizer que faz melhor do que eu. — Podem mover o sofá para o lado direito? Assim fica mais espaçoso para as pessoas circularem.

Vou com o Ethan até o sofá, cada um pega uma ponta e tentamos não esbarrar na mesa de centro. Eu nunca tinha levantado esse sofá e ele é muito mais pesado do que imaginei, além disso, o tamanho dele em relação ao da sala não está cabendo, então rodamos de um lado para o outro mas não conseguimos virar para o lado que ela pediu. Ethan solta o sofá do lado dele, cai na gargalhada e grita:

— Pivot, Pivot!

Não consigo parar de rir. Solto o meu lado e saio correndo, porque estou quase fazendo xixi nas calças. Eu me tranco no banheiro e minha mãe fica sem entender nada, porque ela não viu Friends assim como nós, então jamais lembraria da cena em que Ross compra um sofá e tenta levá-lo pela escadaria com a ajuda dos amigos. Mas, assim como nosso plano, o dele não dá muito certo e ele grita isso para que entendam como virar, ainda que ninguém entenda nada e todos caiam no riso.

Quando retorno, Ethan conseguiu virar sabe-se lá como. Para alegria da minha mãe, que está sorrindo e enchendo a mesa dele de brigadeiros e nem são dez horas da manhã.

— Qual é o seu plano aqui para o último dia, Ethan? — ela pergunta em português, e sou obrigada a traduzir.

— Não desgrudar da Charlotte até embarcar — ele responde. Parece a resposta adequada para uma sogra. Quando traduzo, incrivelmente ela parece já ter entendido.

— O amor é assim. Não tem explicação. Acontece, né filho? — ela filosofa.

Ethan observa fotos minhas na estante e alguns livros que temos próximo da televisão da sala.

— Vai faltar você conhecer minha tia Marta, mas ela está viajando. Quem sabe numa próxima vez... — digo, vendo-o observar uma foto bem antiga de quando eu tinha uns cinco anos e ela está comigo no colo em algum aniversário da família.

— A próxima viagem pode ser sua para os Estados Unidos para conhecer minha família. Eles querem muito te ver — ele me conta.

— Ah é? O que você disse a eles? — pergunto.

— Minha irmã e meu sobrinho já viram fotos suas, porque mostrei no Natal, assim como meus pais. Meu cunhado não foi dessa vez. Minha família não é imensa, mas tenho alguns primos. Todos sabem que você é importante para mim. — Eu me assusto ao saber que a família dele sabe da minha existência. Achei que só os amigos dele, que conheço de Nova York, soubessem sobre mim.

— Que saudades de Nova York, e que saudades que vou sentir de você! Não quero que você vá! — Abraço ele com força.

— Sabe o que a gente podia fazer agora? Se você estiver sem sono, claro! E conseguir assistir! — ele propõe.

— Estou sem sono e alimentada — respondo.

— Bom, se sua mãe não precisar de nossa ajuda por agora, que tal revermos dois episódios que amamos de Friends e que tem a ver com hoje? O "Aquele com a Festa de Despedida de Rachel" e "O último"? — ele diz.

— Pergunta isso logo para mim? Claro que quero. — Pulo de alegria.

Viro para minha mãe e claro que antes pergunto se ela ainda quer ajuda em algo mais.

— Mãe, precisa de...

Ela nem me deixa acabar:

— Não, vão namorar. Vou pedir comida pronta. A mesa eu faço rápido, Roger vai trazer comida. Vou pedir almoço pronto também. Assim dá menos trabalho. Animada com a festinha. Vão curtir o dia de vocês, vão — ela incentiva.

A princípio, odiei o capítulo da festa de despedida de Rachel indo para Paris, porque acreditei de verdade que ela iria. Sofri horrores, também não gostei quando no episódio seguinte vi o apartamento que acompanhamos tantas vezes ser esvaziado. Sei que já vi mil vezes, mas é sempre triste. Adoro as cenas em que Mônica e Chandler viram pais e, claro, vibro com a cena — mesmo que rápida para quem aguardou tanto tempo — de Rachel e Ross no aeroporto. Mas no fim deu tudo certo. Queria que Marta Kauffman e David Crane escrevessem meu roteiro com Ethan, já que passamos boa parte de nosso romance separados, mas pelo menos no final ficaremos juntos. É o que espero.

Como todo final de semana, o sábado voa. Almoçamos, nos arrumamos e é hora de nos prepararmos para receber os convidados.

Coloco um vestido vermelho que nunca uso porque acho que minha barriga fica imensa nele. Sigo achando que ele a marca, mas hoje me sinto bem com ele, porque sei que Ethan adora vermelho em mim. Só cubro meus braços porque estou realmente sentindo um friozinho.

Saio do banheiro arrumada e a cara de Ethan faz com que eu tenha certeza de que coloquei a roupa certa.

— Você está ainda mais linda. É para me fazer desistir de entrar naquele avião? — Ele se aproxima de mim e segura minhas mãos.

— Esse era o meu plano, mas agora fui descoberta — brinco.

Ethan está lindo, mas isso é mais do mesmo, certo? Ele soltou os cabelos e colocou uma camisa xadrez, parecendo com o Kurt Cobain em uma camiseta que minha mãe tem e guarda como relíquia, dizendo que foi o melhor show que ela foi na vida.

Puxo os cabelos dele e beijo sua boca, louca para jogá-lo em minha cama. Se sentia dores nas pernas, hoje já sinto outros tremores nelas. Provavelmente optarei em dormir no hotel de Ethan em nossa última noite.

Minha mãe acaba de bater na porta e avisar que meu pai foi o primeiro a chegar e, claro, preciso fazer sala.

Saio com Ethan do meu quarto e começamos então a sessão despedida, o que para mim não é nada fácil. Aliás, é tão difícil que até eu que não gosto de beber estou experimentando todas as bebidas que meu novo padrasto trouxe.

Meu pai cumprimenta Ethan e eu apresento os dois.

— Esse é meu pai, Ethan, Paulo. Pai, esse é o Ethan, meu namorado.

Eles apertam as mãos.

— É um prazer te conhecer — meu pai fala bem inglês, o que para mim é um alívio, assim não preciso servir de tradutora dele e dos micos que provavelmente vai falar quando começar a beber.

A melhor cena da noite provavelmente é vê-lo encontrar minha mãe bem. E não digo bem da boca para fora, ela está linda e muito feliz com Roger, que vai falar com meu pai. Os dois primeiro falam sobre futebol, depois sobre a faculdade que fizeram e que descobrem ser a mesma.

A campainha toca. Vou atender e é Juli com sua vodca e Pierre com um champagne. Apresento-o ao Ethan e, para minha sorte, meu namorado é tão simpático que parece conhecer todos há anos e faz logo amizade e conversa sobre tudo.

Como se tivessem combinado, chegarem quase todos ao mesmo tempo. Igor e Luíza surgem logo depois, trazendo duas garrafas de vinho e havaianas de presente para Ethan, que fica todo feliz.

Observo todos na sala e, que me lembre, há muito tempo que não sentia tanta harmonia em um mesmo lugar, reunindo as pessoas que mais amo no mundo.

O que sinto é uma felicidade imensa, mas também uma tristeza por saber que ele vai partir amanhã. Acabo bebendo bem mais do que estou acostumada. Quando Ethan senta do meu lado, me dá um beijo no ombro e eu olho para ele, que me manda um beijo e sussurra um "muito obrigada por tudo". Estou um pouco tonta para responder, não devia ter misturado vodca com vinho.

Juli passa por mim e diz:

— Hum, esse brigadeiro está maravilhoso, amiga. — Não sei para que lado ela foi exatamente.

Minha cabeça começa a girar um pouco. Meu pai pergunta se comi a pizza.

— Quer mais um pedaço? Não vi você comer nada filha.

Não sei se respondi. Acho que não disse nada.

— Amor, lembrei de um filme a que assisti por causa de você. Veja se sabe de onde é essa frase: "O que eu gosto em você é que a acho completamente única. E, portanto, imprevisível". Não fui eu que criei, mas é a sua cara. — Ethan quer que eu diga, mas estou com vontade de vomitar.

— Outono em Nova... — e foi assim que vomitei no tapete da minha mãe e fui parar no banheiro para tomar um banho com ela brigando comigo, e com a Juli rindo horrores, dizendo que para tudo tem uma primeira vez.

Quando abro o olho, estou em meu quarto, com os cabelos ainda um pouco molhados no travesseiro, a mesma roupa que dormi ontem e Ethan dormindo torto do meu lado. Tenho uma sensação de déjà-vu. Se não fosse pelo gosto horrível em minha boca e a dor de cabeça que parece que tem alguém batucando dentro dela.

Puta que pariu, penso, *não acredito que estraguei a festa de despedida do meu namorado por não saber beber*. Péssima anfitriã. Você é uma vergonha, Charlotte. E nos dois últimos dias dele no Brasil, eu dou noites de sexo a ele? Não, dou uma noite desmaiada na cama com dores e outra bêbada como um gambá.

Eu sou uma decepção.

Sento na cama e apoio meus cotovelos nas pernas e as mãos na cabeça. *Não me despedi de ninguém, que vergonha, meu Deus, que vergonha!* Levanto e fico andando de um lado para o outro. Para piorar a situação, claro que acordo Ethan, que vê meu vai e vem e senta na cama, assustado.

— Está se sentindo melhor? — pergunta, ainda todo fofo. Eu, se fosse ele, teria me largado bêbada para meus pais cuidarem de mim, mas não, ele tem que ser sempre essa coisa linda e ainda ficar me mimando e com pena da idiota que não sabe beber.

— Estou envergonhada. Me desculpe. Você sabe que não bebo, no máximo um copo de vinho, e, gente, minha mãe deve estar possessa de eu ter sujado o tapete dela. O pessoal ficou muito chateado? — pergunto, querendo enterrar minha cara nos travesseiros da cama e só acordar em 2030.

— Amor, sua mãe não reclamou na frente de ninguém, e nossos amigos ficaram só querendo saber se você estava melhor. Quando a Juli e sua mãe te deram banho e colocaram no quarto, você capotou, dormiu até agora. Eu vim aqui várias vezes, sua mãe e sua amiga também, ver se você precisava de algo, mas você dormia. Sentimos sua falta, mas ninguém está com raiva de você. Muito menos eu. Para completar, não vou nem pedir que você adivinhe, mas, como já dizia em Love Story: "Amar é nunca ter que pedir perdão". — Ele tenta não me deixar triste.

— Eu errei, né? Jamais devia ter misturado bebidas, sem nem ter comido nada. O namorado da minha mãe vai achar que sou uma pinguça, meu pai vai achar que eu surtei. Nunca fiz isso, vou fazer agora burra velha? — Sigo me culpando, me sentindo péssima.

— Calma, respira. Sobrou pizza, a gente pode esquentar pra você. E tem aqueles doces de chocolate que eu mal sei dizer o nome, mas que são a melhor coisa que comi na vida. Esquece isso, é meu último dia aqui, a gente pode ir para o meu hotel daqui a pouco e aí eu vejo se te perdoo. Se você estiver se sentindo melhor, claro — ele propõe.

— Gostei da parte da pizza de madrugada. Amei a parte do meu perdão no hotel e espero que tenha gostado da festinha. Ainda não sei como vou aguentar ficar sem você por aqui. — Eu o abraço forte, sentindo seu cheiro e querendo ficar ali para sempre.

— Eu também não, amor. Mas a gente vai precisar descobrir uma forma, juntos. Alguma maneira de essa cena de agora não ser um "de vez em quando", mas um "todos os dias em nossas vidas".

Vamos até a cozinha e acabamos com o resto de pizza que tinha na geladeira. Nos arrumamos em seguida para ficarmos no hotel de Ethan, tentando não fazer nenhum barulho porque minha mãe e Roger ainda estão dormindo.

— Quer ir agora ou esperar amanhecer? — ele pede para que eu escolha.

— Podemos ir agora. De lá, já te levo no aeroporto — decido, e com isso separo uma roupa que possa usar à noite na friaca que é o Aeroporto Internacional do Galeão.

Chamamos o Uber e seguimos para o hotel, de mão dadas, com ele dentro do carro, e fico imaginando que esse é um dos últimos momentos na minha cidade em que estaremos juntos. Falta pouco para ele ir embora, falta pouco para voltarmos às incertezas, e quero aproveitar cada segundo.

Como sempre, uma música vem na minha cabeça e, sentindo sua mão e vendo as ruas passando, eu canto mentalmente *With or Without*, do U2, porque era a música de Rachel e Ross em Friends.

No hotel, Ethan se preocupa com minhas dores musculares, com minha dor de cabeça e, como sempre, todo atencioso, quer saber como estou e se preciso dormir mais um pouco.

— Amor, descanse se precisar, eu posso arrumar minhas coisas enquanto isso e dormir mais um pouco também. Você deve estar cansada depois de tanta coisa. — Jogo minha bolsa de lado e bato a porta do quarto.

Chego perto dele e abro sua calça, além de cada botão de sua camisa.

— Meu querido, eu não saí da minha casa para esse hotel para dormir. Isso eu já fiz demais na minha casa. Eu vim aqui para gente gastar o estoque de camisinhas que você trouxe, temos algumas horas ainda. Aliás, informo ao jovenzinho que minha dor de cabeça passou e minhas pernas estão prontas para a próxima — desafio.

— Achei interessante sua proposta, aceito. Gostei muito dessa outra forma de despedida. Mais intimista, eu diria. — Ele me beija toda, enquanto segura minha bunda e me puxa para perto dele.

O que mais posso contar a vocês? Se não fosse a hora do voo, e Juli me perguntando se eu queria carona dela para levá-lo até o aeroporto, nem guindaste tinha me tirado de cima dele nesse domingo. Mas, infelizmente, ele tinha um voo para voltar para casa.

Capítulo 19

SEGREDOS E DESPEDIDAS

Aeroportos sempre me deixam estressada. Mas hoje eu realmente tenho um motivo. Ethan parece calmo do meu lado, ainda que não solte minha mão um minuto sequer. Acho que só soltou quando teve que colocar a mala para despachar.

Juli me ajuda a relaxar, me mostrando coisas inusitadas.

— Olha aquela mala, amiga, cabe eu e você dentro. Será que tem alguém ali?

— Claro que não, né, sua maluca — respondo. Ela ama ficar criando teorias em aeroportos.

Esse negócio de ter que chegar horas antes em voos internacionais também não é muito agradável. A pessoa que fica aqui no Brasil morre de ansiedade. No caso hoje, eu mesma, que a cada volta do relógio não consigo relaxar.

— Amor, vamos combinar o seguinte? Tudo que acontecer um com o outro a gente conta, sem segredos. Relacionamentos honestos têm mais chance de darem certo — ele diz, e concordo com ele. Sempre me impressiono com a maturidade de Ethan.

— Pode deixar, assim que souber se vou para Ásia, África ou para Oceania, você será o primeiro a ser informado. — Eu rio, mas é de nervoso mesmo.

— Gente, quando eu for para Paris com Pierre vai ser naquela companhia ali, né? Acho chique falar Air France... tudo em francês fica fino. — Juli está sonhando com a viagem que fará com o namorado em alguns meses.

— Que lindo, ela acabou de me lembrar de que final do ano estarei abandonada sem nenhum dos dois. Espero já ter recebido minha carta-oferta e me mudado para o Polo Norte — reclamo.

— Aí nós quem iremos visitar você. Tá achando que vai roubar todos os presentes do Papai Noel, é? — ela me sacaneia.

Quando Juli atende o celular e se afasta um pouco, Ethan me puxa para pertinho dele.

— Preciso te falar uma coisa antes de ir. No meio dos seus livros, lá no seu quarto, em uma das suas edições de *Orgulho e Preconceito*, tem uma carta minha para você — ele diz.

Eu já me tremo inteira, porque eu penso o quê? Que é um ponto final, né? Quem é ansiosa não pode ouvir um "precisamos conversar mais tarde" que já pensa que o mundo acabou.

— Ai, não, namorado. Não faz isso comigo. É algo ruim? Que vai me deixar triste? — digo, pronta para desabar.

— Amor, calma. Devia saber que ficaria assim. Não é nada ruim, não vai te deixar triste. É uma carta para você, que fiz para que lesse quando eu estiver voando. Fique tranquila. Não é nada que você está pensando. Eu te amo. — Ele me abraça forte, e mesmo assim minhas lágrimas escorrem pela bochecha.

— Você quer me matar do coração, garoto. Qual dos livros? Tenho umas quatro edições só desse. Quando que você escreveu isso? — faço um monte de perguntas e ele se limita a responder:

— Leia quando chegar em casa. E assim que eu aterrissar a gente se fala. Não é nada ruim, pelo contrário. Eu te amo muito. Inclusive, antes de embarcar, para não perder o costume: "Juro que voltarei para você. Prometo que nunca vou deixar você". Que filme foi marcado por essa fala? — ele me pergunta.

— Nossa, logo hoje? Não consigo nem racionar, mas espero que seja nossa história com você de protagonista. — Então o beijo.

— Hum, pode ser, mas vou ter que mudar o título por causa da nacionalidade. Originalmente é *O paciente inglês* e eu serei *O paciente americano*, aquele que espera a namorada brasileira ansiosamente.

Queríamos ter ficado abraçados o máximo que desse até ele de fato entrar no voo, mas, como sabem, isso não é permitido. Da parte onde há toda a verificação de passaportes e passagens, somente passageiros estão aptos a acessarem.

Assim, vi Ethan beijar minha mão suavemente para então soltá-la. Acenar para Juli, que me abraça logo em seguida, me dando o apoio que precisava, até perdê-lo de vista no meio de dezenas de pessoas que iam viajar também.

Tentando me fazer sorrir, Juli se coloca na minha frente.

— Bora comer algo? Quer ir para casa direto? O que quer fazer? Ou vai dar uma de Maria Carey o dia todo? — ela me pergunta.

— Mariah Carey?

— É! Tipo: "I can't live, If living is without you…" — Ela balança os braços como se estivesse em um show.

— Palhaça, vamos para minha casa a jato, porque esse homem deixou uma carta surpresa para mim e preciso ler o conteúdo — aviso.

— Ai, que emocionante. Não perco por nada. Tipo *P.S. Eu te amo*. Vi o filme mil vezes e li o livro — ela compara.

— Nossa, que ótima comparação. Em *P.S. Eu te amo*, o marido morre! As cartas são enviadas após a morte e Ethan acabou de entrar em um avião — lembro.

— Só quis relacionar ao romantismo. Ninguém mais escreve cartas para amada, só o seu gringo à moda antiga que ouve música clássica, toca violino e age como um homem de quarenta anos quando tem vinte e poucos — finaliza.

— Ele não age como um homem de quarenta anos. De onde você tirou isso?

Ela tem cada ideia.

— Tudo bem, enquanto estamos discutindo, tem uma carta que poderia estar sendo lida à nossa espera. Vamos? — ela se autoconvida.

— Garota, e se eu não quiser mostrar o conteúdo para você? — implico com ela.

— Meu amor, eu te acompanhei para fazer depilação de cera quente quando você não tinha coragem, te dei banho bêbada, e você não quer me mostrar o recadinho do coração do namorado? Eu desfaço essa amizade agora — declara, jogando na minha cara.

Sem argumentos, vamos então até minha casa. No trajeto, Ethan ainda me manda algumas fotos antes de entrar no voo e eu mando uma no carro.

"Indo ler sua carta #aiquemedo"

Até chegarmos em minha casa, que fica cerca de quarenta minutos sem trânsito do aeroporto, ele já embarcou. E agora só falarei com ele após ler a tal da carta. Juli estaciona na vaga onde ficava o carro do meu pai.

Subimos apressadas. Quando entramos no apartamento, minha mãe e Roger não entendem nada.

— Eita, minha filha. Achei que fosse subir chorando e está nessa felicidade toda, o que houve?

— Nada, mãe, só uma coisa que esqueci no quarto — respondo.

— Foi tudo bem lá? — ela quer saber.

— Foi sim. Foi tudo bem, infelizmente, ele partiu — falo, com voz triste, e sigo para o meu quarto com Juli batendo na minha bunda para que eu ande mais rápido.

— Ele disse onde deixou a carta? — Juli pergunta.

— Dentro de um de meus livros de *Orgulho e Preconceito*.

Ela olha para estante e solta uma risada.

— Nossa, que ótimo, Aquele livro que você sempre compra cada capa que vê nova e acha linda. Só daqui estou contando quatro edições diferentes — ela debocha.

— Vamos começar por essa.

Pego um de capa dura, folheio e nada. Juli pega outro menor para verificar e nada.

Seguimos um por um e claro que só acho o que ele escolheu quando já estou no último livro e me perguntando se de fato teria colocado em um com esse título. Já estava quase surtando, porque não teria como perguntar, porque ele está voando nesse momento.

Quando abro, a carta está ali. Escrita à mão. Tremo com ela, de nervoso, antes de começar a lê-la.

— Lê em voz alta pelo amor de Deus — Juli pede.

— Ai, lá vai.

E então eu começo:

Amor,

Eu não sei quanto tempo estaremos longe um do outro quando encontrar essa carta. Talvez minutos, acho que horas? Não importa.

Também sei que o caminho mais fácil sempre parece o de desistir, afinal, quanto de saudade ainda aguentaremos? Já não foi o suficiente o que passamos longe entre Nova York e Rio agora? Que insano passar por tudo isso de novo...

Mas eu certamente dormiria todos os dias com a palavra "mentiroso" colada em minha testa se desistisse de nós. Esse adjetivo seria perfeito para alguém que por covardia tentou enganar o próprio coração e apagar um sentimento que é mais forte do que eu imaginei que pudesse sentir por alguém.

A gente cresce ouvindo que amores como esse só existem em contos de fadas. Ou em peças da Broadway. Em As Pontes de Madison, o personagem de Clint Eastwood diz a Meryl Streep: "Parece que tudo que fiz em minha vida foi para chegar até você".

Gosto dessa história, porque ela é real. Ela não é perfeita, é como os amores fora da tela ou dos palcos. O amor costuma machucar, às vezes termina mal ou conhece outra pessoa mais próxima e finge se apaixonar por ela, porque é mais fácil assim.

A gente finge para não enlouquecer de saudade, finge para tornar menos difícil o tempo sem outro. Mas, lá no fundo, por favor, sejamos honestos, se perdermos a esperança em ficarmos juntos com quem amamos de verdade, nunca viveremos por completo.

Não pretendo passar o resto da minha vida infeliz por não ter feito de tudo para ter você ao meu lado.

Por essa razão, toda vez que pensar em desistir de nós, releia essa carta, te imploro.

Se estarmos juntos é uma bobagem, faremos essa bobagem juntos, errando e acertando, mas sem ousar desistir desse amor.

Não ache que nosso amor não é forte, porque tenho certeza que é. Posso afirmar que o que sinto é muito maior do que a distância que insiste em nos separar.

É horrível me despedir ao vivo ou por carta de você, mas o que me deixa tranquilo é saber que o que sentimos fará com que em breve tenhamos nosso universo inteiro de volta.

Obrigado por ser a mulher mais incrível (e linda) do mundo.

Te amo em Nova York, no Rio e onde mais você for enviada a trabalho.

Seu, para sempre, Ethan.

Termino de ler a carta e olho para Juli. Ambas nos emocionamos. Ela é a primeira a falar.

— Puta que pariu! Muito melhor que *P.S. Eu te amo*! — E eu a abraço e sorrio, feliz por tê-la por perto nesse momento tão especial.

Ah, Ethan, não vou desistir mesmo. Pode ficar tranquilo. Me aguarde.

CAPÍTULO 20

FORA DE RUMO

Dois meses depois - setembro de 2019

Após a visita de Ethan, me transformei no que eu mais temia: na namorada que fez um planner para organizar quando podemos nos falar, sendo o melhor horário na minha agenda e na dele, batendo com os nossos fusos.

A tecnologia é uma benção. Perdi as contas de quantas horas gastamos em FaceTime, webcams, WhatsApp, e qualquer outra maneira que possa nos conectar um segundo que seja em nossa vida turbulenta e separada por milhas de distância.

Tenho me surpreendido comigo mesma. Achei que seria muito mais ciumenta, mas sentir confiança em alguém muda totalmente um relacionamento, e Ethan é exatamente um poço onde posso me jogar sem medo porque nem chego a fazer nenhuma pergunta e ele me conta tudo que se passa em sua vida, tudo que ache que eu precise saber.

Ajo com ele da mesma forma. Sempre acreditei que se escondemos algo de quem namoramos ou agimos diferente na frente dessa pessoa, em relação à forma como agiríamos se ele não estivesse junto, é porque estou fazendo algo que não deveria. Com isso, não quer dizer que o controlo e que ele me controla, me sinto livre para fazer o que quero, assim como não o privo de nada, mas gosto de ouvir da boca dele e não saber de outra forma quando ele conhece um novo lugar ou faz uma nova amizade.

Dessa forma, sinto-me mais próxima dele, ainda que viva sonhando novamente com alguma brecha em nossas agendas ou um milagre que nos faça nos reencontrar o mais breve possível.

Quando me sinto triste, releio a carta que ele deixou. Não sei quantas vezes fiz isso. Queria ter feito algo tão bacana por ele também. Algo que, só de pegar, desse forças para seguir em frente.

Hoje é sábado, e estou exausta após uma semana intensa em Aracaju, onde fui treinar um novo time para base nova que inauguramos. Queria muito ter curtido mais a cidade, mas o que mais vi foram planilhas, equipamentos de proteção e o quarto do hotel. Sinto que estou na melhor fase profissional da minha vida, mas falta algo.

Olho sempre para a cama antes de deitar, e imagino como seria incrível tê-lo ali, somente para sentir seu cheiro, para dormir em seus braços, para ficar no lugar mais seguro do mundo, onde não queria sair nunca mais.

O celular me avisa que falta um minuto para a hora que combinei de falar com ele hoje. Ajeito-me na cama, olho na câmera como está o meu cabelo, e o aparelho vibra com a chamada. O vídeo abre com o rosto dele em um camarim cheio de gente atrás. Ele está com o cabelo preso em um rabo de cavalo e com um terno, lindo como sempre.

— Oi, amor. Está um pouco barulhento aqui. Vou levar o celular lá para fora. — Ele sai andando enquanto observo, atrás dele, muitas pessoas passando, e luzes para todos os lados.

— Qual é o nome desse teatro mesmo? — pergunto, curiosa. Só anotei que ele está em Chicago, que é duas horas antes no fuso para o Rio.

— É o The Chicago Theatre. É muito bonito aqui, nunca tinha vindo à Chicago. Quero muito que você visite aqui comigo um dia — ele diz, empolgado, enquanto coloca a câmera para ir me mostrando melhor cada espaço do ambiente.

— Parece lindo mesmo. Só não é mais que você com essa roupa. De manhã cedo já querendo me matar do coração... — brinco com ele. É tão fofo quando ele cora as bochechas e olha para baixo, como se com isso eu não fosse perceber que ficou sem graça.

— Se quiser, levo o celular para o banheiro e mostro o que tem por baixo dessa roupa elegante — ele fala mais baixo, claramente me testando.

— Por mais que o convite pareça irrecusável, de acordo com sua agenda, você começa a gravar em cinco minutos, então prefiro que me alegre quando sua agenda permitir pelo menos uma hora de felicidade, me dizendo e mostrando tudo que mereço, senhor Ethan — respondo.

— Tudo bem, vou lembrá-la muito em breve, quando nossas agendas tiverem essa folga novamente. — Ele pisca e fica me olhando.

— Boa sorte com a gravação do clipe. Sei que vai arrasar. E curta Chicago por nós, anote os lugares que amar para um dia me mostrar cada cantinho, por favor — peço.

— Nem precisava pedir, já estava fazendo isso. Às vezes olho para plateia e imagino que você está lá me vendo. Sei que é impossível que esteja, porque muitas vezes acabamos de nos falar, como hoje, mas gosto de imaginar isso. — Ele sorri, deixando-me com vontade de invadir a pequena tela e me teletransportar para o colo dele, onde possa agarrá-lo nesse instante.

—Também me pego imaginando que você está em alguns lugares comigo quando fecho os olhos — revelo. Percebo que ele procura algo, inquieto, andando pelo palco, até que vai para um lugar onde o barulho de outras pessoas quase não é ouvido.

— Aonde está indo? A gravação não vai começar? — Olho para o relógio, preocupada. Ele nunca se atrasa, então sei que jamais faria algo arriscado.

Ele então coloca o celular em algum lugar que não consigo identificar o que é, mas não está mais em suas mãos. Ajeita, e tento entender o que pretende fazer. Observo-o pegar um violão e puxar um banco.

— Aprendi algo. Dois minutos e toco pra você. Mas não sei a letra toda ainda. Só uma parte — ele me adianta.

— Hum, ok, estou curiosa. O que é que precisa me mostrar agora? Alguma música que eu ame? — tento adivinhar.

— Uma música brasileira. De Tom Jobim, que fala muito do que sinto no momento.

Ele começa a dedilhar, e tento identificar a melodia. Ethan então canta algumas partes que consegue em um português com forte sotaque, da maneira mais linda que pode, bastando para que eu entenda o recado de por que essa música é especial para ele, ou melhor, para a gente.

Vai minha tristeza
E diz a ela
Que sem ela não pode ser
Diz-lhe numa prece
Que ela regresse
Por que eu não posso mais sofrer
Chega de saudade...

Ele faz mais a parte instrumental e não canta a metade da música.

Nem precisa, porque a mensagem está ali. Não aguento mais de saudade também. Aprecio a forma como ele se esforça para falar cada palavra da música. Português não é algo fácil de se aprender, mas ele diz cada uma das sílabas com cuidado, olhando para tela e sorrindo para mim em seguida.

Deixo escorrer algumas lágrimas, emocionada. E na parte em que ele não sabe mais, perco a timidez e, enquanto ele está no instrumental, finalizo com algo que parece escrito para nós nesse momento.

Dentro dos meus braços
Os abraços
Hão de ser milhões de abraços
Apertado assim
Colado assim, calado assim
Abraços e beijinhos
E carinhos sem ter fim
Que é pra acabar com esse negócio
De você viver sem mim
Não quero mais esse negócio
De você viver sem mim...

Como se tivéssemos ensaiado, paramos juntos. Alguém chega e chama Ethan. Ele me manda um beijo e diz em português mesmo:

— Te amo. — Desliga a chamada e mal dá tempo de eu responder. Digo, já com tudo apagado:

— Eu também. Eu também te amo muito. — E sigo chorando, pensando em como queria estar em Chicago com ele.

Desanimada para qualquer coisa, coloco o travesseiro no rosto e me esparramo pela cama, soltando o celular de lado. Minha vontade é dormir a tarde toda, pedir um *fast food* mais tarde e esperar nossa próxima ligação.

Meu descanso é interrompido pelo barulho da porta de meu quarto abrindo e uma voz conhecida gritando para o prédio inteiro ouvir:

— Oiêeeeeeeeeeeeeeeeee!!! Foi daqui que pediram ânimo? — Tiro o travesseiro da cara e vejo Juli mais animada que líder de torcida, com duas sacolas nas mãos e sorrindo de orelha a orelha.

— Oi, amiga. Não vai fazer nada com o Pierre hoje não? — pergunto, querendo me esquivar da animação em pessoa.

— Hoje? Não! Amanhã só. Hoje é noite das Meninas Malvadas.

Esqueceu? — Ela joga as sacolas em cima da cama.

— Meninas Malvadas? A gente vai ver o filme da Lindsay Lohan? — Não me lembro de ter combinado nada disso com ela.

— Não, garota. Sei que você está com a cabeça em Nova York, mas desce aqui para os trópicos. Nosso grupo no Whats se chama Meninas Malvadas. Eu incluí a Fiorela, que deve estar chegando a qualquer minuto.

Minha cabeça anda tão atrapalhada com o trabalho e com saudades do Ethan, que esqueci completamente que criamos esse grupo quando fomos a um barzinho cerca de vinte dias atrás e apresentei Fiorela a Juli. Só perdi em que momento elas viraram melhores amigas e combinaram algo aqui em casa.

— Eu disse que tudo bem fazer algo hoje após uma semana exaustiva viajando a trabalho? Vocês certamente não disseram isso no grupo. — Olho para ela, desconfiada.

— Bom, você não disse com todas as palavras, mas eu te conheço e sei que precisava dessa noite só de garotas. Olhe o estado que se encontra. Calamidade total. Se a prefeitura passar aqui, ela coloca um cone e te interdita. Melhore essa cara, porque eu trouxe kit sobrevivência para saudades do Mozão. — Ela se joga em minha cama, abrindo aquele sorriso que indica que ela está prestes a aprontar.

— O que seria esse kit? É sério que você chamou a Fiorela? Ela nunca veio aqui em casa, acha que vai ter algo a ver? — Procuro no celular o momento em que elas combinaram isso e eu não visualizei.

— Uma coisa de cada vez. Fiorela é animada e é disso que você precisa. Vai ficar chorando o final de semana inteiro em cima dessa cama? Haja patrocínio da Kleenex, amiga! Bora. Aqui tem tudo de bom. Vou colocar o sorvete na geladeira, trouxe chocolates variados, um monte de balas, e essas pipocas de tudo que é sabor aqui para gente fazer. — Ela vai tirando tudo de dentro das sacolas e me mostrando.

— Ok, e vamos assistir ao que com esse festival de guloseimas? — Quando faço essa pergunta, Fiorela aparece na porta do meu quarto.

— Sua mãe me deixou entrar. Aliás, ela é uma fofa. Olá, meninas! Não pude deixar de ouvir, pensei em vermos juntas *Sex and the City*. Trouxe bebidinhas pra gente mais tarde, deixei com sua mãe — ela propõe, enquanto se aproxima de minha cama.

— Fiorela, acha uma boa ideia nossa amiga ver algo em Nova York e ficar se lembrando do gringo? — Juli olha de rabo de olho para ela e para mim, esperando que uma de nós fale alguma coisa, mas Fiorela é mais rápida.

— Não por isso, podemos rever a sexta temporada, a que Carrie vai para Paris. Alguém tem algum ex em Paris? Ou atual de que sinta saudades? — Ela olha para gente, aguardando confirmação.

— Eu tenho um atual, então não me importo em ver nada que envolva Paris, pelo contrário, amo ver tudo que tem a França — Juli responde.

— Por mim também. Na verdade, não tenho problema em ver coisas em Nova York. Vou me lembrar do Ethan de qualquer maneira, gente, até mesmo mostrando lugares em que nem eu nem ele pisamos — assumo.

— Hum, preciso confessar algo a vocês. Sempre quis imitar a cena de algum filme com um cara que tivesse sido muito idiota comigo, como a Carrie Bradshaw quando vê o Big mentindo para ela e entrando no carro com a Natasha. Acho que foi na segunda temporada, não foi? — Fiorela diz isso, enquanto abre um dos chocolates que Juli trouxe. Na mesma hora recordo da cena, e de mais uma das vezes que morri de raiva do personagem.

— Amo cinema e séries. Eu e Ethan costumamos brincar de adivinhar frases, e boa parte das vezes eu ganho, mas nunca me imaginei terminando com alguém com uma cena clássica como essa. Até porque acho que, fora Ethan, nenhum dos meus ex sequer sabe quem é Carrie e não vai ligar o nome à cena. Então seria perda de tempo — justifico.

— Pois é, amiga. Mas imagina que máximo um cara idiota e você chegando e pegando ele com a atual. Porque homens covardes são assim, eles não falam para gente de verdade como se sentem, tem uma dificuldade incrível de falarem que não estão tão a fim, que não querem mais... Acham mais bacana sumirem ou nos ignorarem, tremendos babacas — Fiorela fala isso, com ódio no olhar, como se recordasse de um caso em específico que ainda não contou pra gente.

Juli observa, atenta, a própria Léo Dias, pronta para saber da fofoca.

— Você está falando de alguém em especial, Fio? — chamo-a pela primeira vez assim, na intimidade, mas ela parece não se importar. Ainda não acredito que fiquei amiga da secretária do CEO que achava que era um nojo, mas que é uma fofa.

— Sim, de um ex que disse que nunca pediria ninguém em casamento, porque tinha visto o casamento arruinado dos pais e, portanto, não queria "essa palhaçada de usar aliança e entrar em Igreja". Namoramos três anos e ele sumiu. Duas semanas depois, apareceu nas redes sociais com outra garota, casou com ela com tudo que disse que jamais faria. Minha cara de trouxa... — Ela revira os olhos e se joga na cama de barriga para cima, com a boca cheia de chocolate e pensando no que nos contou.

Eu e Juli ficamos em silêncio. O que a gente diz em uma hora dessas? Deve ter sido terrível, mas então tento quebrar o clima com a frase de Carrie.

— Tem toda razão, você deveria ter ido até o casamento, ter passado a mão no rosto dele, por mais que a vontade fosse dar um tapa no meio da cara do infeliz, e ter dito em alto e bom som: "Sua garota é adorável, Hubbell". — Imito o gesto no rosto dela.

— Ele nunca viu *Sex and the City*, não entenderia nada. Sequer vai ligar que é uma cena de *Nosso Amor de Ontem*. Duvido que saiba quem é Barbra Streisand — ela responde.

— Melhor ainda, porque você não pode ser domada. Lembra o que a Carrie diz no final do episódio? E, quando Big não sabe a que ela se refere, ela responde...

— E você nunca entenderia! — nós três respondemos juntas, e então caímos na gargalhada.

Nada melhor do que *Sex and The City* para mulheres se animarem em um sábado à noite, cada uma vivendo seu momento diferente no quesito romance. Eu com Ethan distante, Juli com Pierre que estuda o dia todo para passar no mestrado, e Fiorela com raiva do ex. Quem nunca? Cada uma de nós se apoiando era tudo o que eu precisava.

Poderia dizer que a noite não teve mais nenhum drama, mas ando emotiva demais, e rever a sexta temporada me deu um friozinho na barriga quando Carrie se muda para Paris para acompanhar um russo, mas ainda não está totalmente feliz.

Sempre tive medo do novo, de arriscar, e acho que ela teve muita coragem, então, da primeira vez que vi o seriado, vibrei quando ela abandonou Big para viver esse grande amor e odiei quando as amigas se reuniram para, no que eu via nessa época, se intrometer na vida dela. Comento com as meninas sobre isso.

— Vocês acham que elas agiram certo? — As duas me olham e eu pauso a cena. Estamos no episódio 19, já acabamos com quase todo o arsenal de quitutes que Juli trouxe, pedimos pizza, e abrimos as cervejas.

Fiorela se levanta com a garrafa na mão e dá sua opinião.

— Eu agiria como a Samantha. Falaria umas boas verdades para esse cara. Mas... se minha amiga o quisesse, o que eu poderia fazer? Meu pano estava pronto para ser passado — ela conclui.

— Por um lado amiga, elas queriam a amiga de volta, e ela não estava feliz. Eu faria o mesmo por você. Se for para Nova York e estiver infeliz com o Ethan lá, eu desencavo um ex para te convencer a voltar para o Brasil na mesma hora — Juli diz isso e brinda com Fiorela, que parece concordar.

— Quem dera que minha vida fosse ao lado dele lá. Eu estou aqui no Brasil sem a menor perspectiva de quanto poderei vê-lo. Vocês só precisam me salvar do desânimo mesmo, por enquanto. — Olho para o celular e vejo que Ethan cancelou nossa próxima chamada na agenda e me mandou uma mensagem.

> Amor, as coisas aqui não têm hora pra acabar hoje, a gravação atrasou muito, tivemos que refazer várias tomadas. Te ligo amanhã, estou exausto. Te amo.

Sim, ainda tinham esses imprevistos. Às vezes, por mais que nossos horários estivessem programados na agenda, surgiam esses problemas e eu ou ele tínhamos que cancelar a chamada para o dia seguinte. Claro que eu sempre respondia supercompreensiva, mas por dentro ficava triste.

> Tudo bem, boa sorte com a gravação. Te amo. Falamos amanhã!

Respondo, enquanto as duas estão distraídas, ainda comentando sobre os episódios a que assistimos e comparando com antigos relacionamentos. Minha cabeça está longe, mais precisamente em Chicago. Entro no Instagram dele e tem somente uma foto de quando chegou ao teatro. Ele não aparece, só tirou da fachada e colocou uma legenda com emojis de notas musicais.

— O que houve? Mudou a cara do nada... que foi que Ethan falou que você não gostou? — Juli tenta adivinhar o motivo da minha cara de tristeza.

— Nada de diferente ou anormal. Ele está regravando as cenas do clipe e só poderemos nos falar amanhã. Estava com esperança de falar com ele mais uma vez hoje. Mas tudo bem, bobagem minha. Acho que deu saudades, só isso — tento me explicar, porque falando em voz alta eu mesma me sinto boba de estar triste com algo que, obviamente, aconteceria com esse namoro à distância.

— Amiga, para de focar só no boy, porque essa semana algo me diz que você terá uma surpresa bem positiva no trabalho. Uma que te mande para outro país... eu não disse nada, mas vi seu nome na lista do poderoso chefão — Fiorela revela, deixando-me ainda mais apreensiva.

— Como assim, Fio? Fofoca contada pela metade quase infarta a fofoqueira aqui. Para onde? Como isso? — Levanto da cama e tomo três goladas da cerveja que descem de uma vez só.

— Vi e ouvi por alto. Não fui envolvida no para onde. Mas seu trabalho tem sido elogiado, então se prepare para alçar novos voos.

Fiorela levanta e me abraça, como quem dá uma grande notícia. Sei que a notícia pode ser boa, mas sem saber para onde só aumentam as minhas crises de ansiedade e inseguranças com meu relacionamento, com o qual ainda estou aprendendo a lidar.

— Parabéns, amiga, você merece muito. Seja onde for, vou te visitar.

Juli nos abraça, e fico sem saber o que responder, porque e é exatamente aquele momento que tenho certeza que todo mundo vai achar que estou fazendo pouco caso de uma promoção internacional dessas, mas, na verdade, estou só sendo dominada pelo medo que sinto de tudo que é novidade em minha vida.

— Obrigada, meninas. Ainda precisa cair a ficha e saber mais detalhes. E também preciso conversar com Ethan e com minha mãe. Mas claro que esperava que isso acontecesse mais cedo ou mais tarde. Espero que seja um país não muito longe. Entre Brasil e Estados Unidos, será que vão me mandar para o México? — me animo com a possibilidade.

— Não sei de mais nada. Deixa te chamarem, eu nem era para ter dito nada, mas não aguentei. Eu e minha língua... — Fiorela bate na boca dela como se tivesse soltado *spoiler* do final do filme.

— É que você não conhece nossa amiga, ela sofre por antecedência. Planeja tudo. Se uma coisa acontece e ela não sabe a resposta. Pronto, o mundo desaba — Juli me define para Fiorela de uma maneira que não há um pingo de mentira.

— Se é assim, quero dizer que esteja onde estiver, estaremos aqui para te apoiar. Eu, sabe-se lá onde, Juli com o namorado deve ir para França, e faremos encontros internacionais. Olha como seremos mulheres chiques — Fiorela planeja.

— Tudo bem, está supertarde, acho que comi demais. Se ouvir mais alguma coisa, vou acabar dormindo. Querem dormir aqui e continuamos a maratonar amanhã alguma série ou seguimos com o vigésimo para acabar. O que querem? — pergunto, e as duas não parecem nem um pouco cansadas.

Fiorela pega o celular dela, coloca no móvel da televisão, larga a garrafa no chão, pega o controle remoto, coloca uma música e faz de microfone.

Até que ela sobe na cama, onde acabei de me sentar, e começa a cantar junto com Marvin Gaye.

Listen, baby,
Escute, baby
Ain't no mountain high
Nenhuma montanha é alta
Ain't no valley low
Nenhum vale é baixo
Ain't no river wide enough, baby...
Nenhum rio é largo o suficiente, baby

Não acredito que ela esteja fazendo isso, me sinto no filme Lado a Lado, quando Susan Sarandon canta com os filhos, mas não faço ideia se ela viu esse filme ou se tirou essa coreografia da cabeça.

Juli se une a ela, pegando minha escova de cabelo e completando a fala.

If you need me, call me
Se precisar de mim, me liga
No matter where you are
Não importa onde você esteja
No matter how far
Não importa quão longe
Don't worry, baby
Não se preocupe, baby
Just call my name, I'll be there in a hurry
Só chame o meu nome, eu irei correndo
You don't have to worry
Você não precisa se preocupar
'Cause baby, there ain't no mountain high enough...
Porque, amor, não há montanha alta o suficiente...

Sinto-me definitivamente dentro de um musical, desses que todo mundo canta e dança, não importando o horário.

As duas me convidam para cantar e me puxam, e eu me pergunto de onde tirei essas duas malucas? Elas animaram minha noite com certeza, e eu entendi a mensagem. Não há distância para a amizade, e sei que nem para meu amor pelo Ethan, que separe a gente.

Capítulo 21

APOSTANDO TUDO

Duas semanas depois...

Seguro o envelope com as duas mãos antes de entrar no prédio. Olho para o relógio e vejo que já faz umas três horas que fui chamada na sala do CEO para receber a carta-oferta com uma chamada com meu futuro chefe para saber se eu aceitava ou não fazer parte do time dele.

Pensei que esses convites só aconteciam com os gerentes diretos, mas o recebi do senhor Hatem, com Fiorela me abraçando assim que saí da sala. Querendo almoçar comigo para comemorar.

Minha sorte é que já tinha consulta agendada hoje, na hora do almoço. Engoli umas barrinhas de cereais no caminho e vim correndo com o envelope na mão para terapia. Que loucura, agora a doutora Cristina vai saber da minha transferência antes de Ethan ou de meus pais.

Sinto que minhas mãos estão começando a suar. A primeira semana de outubro é sempre uma incógnita. De manhã, o vento frio batia e agora sinto um imenso calor, ou pode ser fruto do meu nervosismo.

O celular na bolsa treme, pego e tem mensagem do Ethan:

> Boa sorte no trabalho hoje. Lembre-se que à noite você é minha. Te amo.

Leio isso, e respondo com um emoji de coração. Ele não deve ter feito os cálculos do fuso, porque estou na hora do almoço, e ele nem imagina que recebi uma carta para arrumar as malas o quanto antes. Não paro de tremer por causa disso.

Respiro fundo e tento me esquivar das dezenas de pessoas que estão sempre com pressa. Espero a minha vez no elevador. Essa será minha quarta consulta, tenho gostado do trabalho da doutora, todas as vezes saio da sala dela como se tivesse tirado um peso das costas.

O elevador lotado faz minha ansiedade ir a mil. Quando finalmente chega no andar, desço e me dirijo até o imenso corredor do prédio onde a porta do final, branca com alguns vitrais coloridos, nos recebe com um charmoso carpete escrito: *Carpem Diem*, em latim.

Toco a campainha, e a recepcionista, chamada Ana, uma moça alta que fica maior ainda com suas sandálias de salto que sempre fazem barulho no piso quando anda, me abre um sorriso. Tento ser recíproca, mas no momento não consigo. Sinto que quero sair correndo e, ao mesmo tempo, quero contar para o mundo como estou feliz com o reconhecimento do meu trabalho. Será que estou ficando completamente louca?

Os minutos na sala de espera parecem horas, a televisão mostra algo que não presto atenção. Sinto certo alívio quando a recepcionista finalmente chama meu nome.

— Charlotte, sua vez, a doutora Cristina está lhe aguardando. — Ela abre a porta para que eu passe.

Agradeço com a cabeça, e meu sorriso parece mais destravado. Ainda seguro o envelope em uma das mãos e na outra, meu celular. Assim que vejo a doutora, ela me recebe, como sempre.

— Sempre bom revê-la. Como foi a semana que passou? — Essa frase fica na minha mente desde que vim pela primeira vez.

É normal a gente sempre responder "tudo bem" quando as pessoas perguntam se está tudo bem. Mas aqui nesse espaço eu posso dizer a verdade. E tem sido aqui que, apesar de não me achar uma pessoa mentirosa, tenho tentado desvendar para mim mesma o que quero da vida e porque sinto tanto medo de viver ao mesmo tempo.

— A semana foi mais do mesmo. Mas hoje... hoje eu recebi isso aqui e não sei como me sinto. — Mostro a ela a carta, tirando do envelope.

— Charlotte, se quiser, leia para mim, não posso ter acesso sem ser através de você mesma a documentos pessoais. Sente-se, o que quer me contar? — Ela aponta para o divã igual àqueles de filmes azul-royal, onde costumo despejar todos os meus problemas semana a semana.

Tiro a bolsa e a coloco em uma cadeira que está ao lado. Ela se senta exatamente na minha frente com seu caderno e sua caneta. A pose que faz parece tirada de filmes e séries em que os atores sabem que determinada profissão costuma sempre ter os mesmos gestos. Ela cruza as pernas, ajeita os óculos e aguarda que eu me ajeite.

Não consigo me deitar dessa vez. Fico encostada, mas ainda com os pés no chão. Não chego a ler a carta, mas digo o conteúdo.

— Essa é minha carta-oferta, do trabalho. Me informaram horas atrás que assim que meu visto sair eu vou morar por pelo menos dois anos em outro país. Mas que preciso antes fazer um mês de curso em outra cidade que não será onde irei morar. Estou feliz, porque queria muito isso, mas, ao mesmo tempo, desesperada. Isso é normal? — pergunto, roendo as unhas, coisa que não fazia há muitos anos.

— Calma, respira. Quero que primeiro respire fundo e mentalize o que te desagrada no país em que você foi convidada para trabalhar? Me conte se é o idioma, os costumes... — Ela inspira o ar, pedindo para que eu faça o mesmo. Sou péssima nessa parte, esse lance de respirar com calma nunca foi meu forte.

— Ok, me acalmarei. Me desculpe, acho que foi o susto. Não esperava receber uma carta para trabalhar lá. E nem que teria que me mudar em tão pouco tempo — desabafo.

— Charlotte, preciso que pense claramente o que te dá medo nesse país. Pode se abrir comigo enumerando o que te aflige? — ela segue, pedindo para que eu responda algo que não parece normal se eu falar em voz alta. Por isso ainda não disse, dobro a carta em quatro partes. Enfio-a no envelope novamente.

— Estados Unidos. Minha carta está dizendo que vou morar no mínimo dois anos em Houston, no Texas. Não calculei a distância para Nova York ainda. Para ser honesta, ainda não consegui digerir nada do que aconteceu comigo. Acho que estou tendo uma crise de ansiedade, não é? — Abaixo a cabeça como se sentisse vergonha e quisesse sumir. Quem em sã consciência fica nervosa se mudando para um país onde as pessoas lutam anos para terem residência de tanto que gostam de lá?

Bom, minha mãe sempre me disse que eu não era todo mundo, vai ver mais uma vez ela estava certa.

— Vou pegar um copo de água para você. Quero que o beba sem pressa. E repense o que acabou de me dizer. — Ela segura uma jarra e me entrega um copo, que entorno sem perceber a rapidez com que o faço.

— Parece loucura, doutora. E é. Sempre sonhei com ser promovida no trabalho, com morar fora um dia para ter crescimento na carreira. Sempre almejei chegar a postos que só via homens chegando, e quando a carta-oferta com o local que todos sonham me é entregue, só o que consigo sentir é medo. Covarde!

Repouso o copo em uma mesa de centro à minha frente. Meus olhos estão baixos, focados no sapato de bico fino que a doutora usa, e penso que não conseguiria ficar o dia todo com eles.

Ela anda de um lado para o outro, e quando se senta, abre o caderno e parece anotar algumas coisas. Espero para que ela me mande direto para um psiquiatra para que me interditem, porque não posso estar em meu juízo normal.

— Charlotte, escute o que acabou de dizer. Escute cada palavra do que me disse nos nossos últimos encontros. E me corrija se eu estiver dizendo algo que não seja o que quis realmente falar.

— Sei que não faz sentido — culpo-me.

— Você está na melhor fase da sua carreira, e acabou de receber uma proposta para trabalhar no país onde seu namorado mora. Certamente vocês estarão juntos mais vezes, e o seu desânimo causado pelas saudades e inseguranças que você mesmo citou no último encontro, somente tem a ganhar com isso. — Ela me olha, eu assinto com a cabeça e ela continua: — Aconteceu algo entre vocês na última semana, que mudou seu sentimento em relação a ele?

É estranho que ela me pergunte isso, porque é exatamente o contrário. Sinto que o amo ainda mais depois da vinda dele para o Brasil. Prometi a nós que faria de tudo para esse relacionamento dar certo e aqui estou.

— Nada. Sigo completamente apaixonada por ele — respondo, aumentando o tom de voz.

— Você já conversou sobre sua transferência para Houston com quantas pessoas? — ela me pergunta.

— Uma amiga do trabalho, você e só. Ainda não contei para Ethan, nem para meus pais. — Fico pensando em quão louco é minha mãe não ser a primeira a saber de algo que acontece na minha vida.

— Charlotte, como acha que seus pais vão se sentir quando souberem? — ela segue, fazendo-me pensar no que estou com medo.

— Felizes. Muito felizes. Meu pai vai ficar orgulhoso. E minha mãe vai contar para família inteira — digo.

— Como anda seu relacionamento com eles? — a doutora quer saber, enquanto segue anotando alguma coisa em seu caderno. Olho para o teto e me esparramo no divã, como se me entregasse à minha realidade.

— Ótimo. Eles se dão bem. Não temos brigado. Bom, nunca briguei com minha mãe, mas brigava com meu pai para defender minha mãe. Agora não. Depois que as coisas se acertaram, ela nem parece lembrar que já ficou mal por ele um dia. Não é estranho? — pergunto à doutora.

— Você gostaria que ela ainda estivesse magoada com seu pai? — Quando faz essa pergunta, vejo que faz menos sentido ainda eu achar estranho algo que deveria achar bom.

— Está vendo, doutora? Eu não ando falando coisa com coisa. Acho que preciso colocar a cabeça no lugar. Nada do que falo faz sentido, não acha isso? — pergunto e olho para ela, esperando que concorde e que me mande para algum amigo psiquiatra.

— Charlotte, precisamos trabalhar seu receio ao novo. É natural para algumas pessoas que grandes mudanças façam com que elas se assustem, mesmo quando são coisas que elas querem muito — ela me tranquiliza.

Poderia escutar a doutora Cristina por horas. Sua voz calma, seu olhar de complacência e sem julgamentos faz com que eu me sinta tão à vontade com ela, como se a conhecesse há muitos anos. Aqui nesse consultório, em todas as sessões, consegui colocar para fora tudo que não ousava nem dizer em voz alta.

— Sabe quando tudo começa a dar tão certo e encaixar exatamente como você queria que fica difícil acreditar que aquilo está acontecendo? Sonhei muito com isso, rezei demais para que não me mandassem para um país ainda mais distante de Ethan, e agora que abri a carta, não acreditei quando vi Houston. Tenho medo de que mudem de lugar em cima da hora. Parecia tudo combinado, nenhum roteiro de comédia romântica terminaria tão acertado como o que aconteceu comigo hoje. — Fico tentando lembrar da quantidade de filmes a que assisti onde os casais acabavam ficando juntos no final e que o destino dava aquele empurrão para que isso acontecesse.

— Então, ao que me parece, você só precisa acreditar que não é sonho. Que não vai acordar e terão tirado tudo que andou pedindo a Deus e que curta cada minuto com seu namorado e com sua família, certo? — Com o mesmo olhar sereno de minutos atrás, quando eu estava quase desmaiando de ansiedade, ela me faz pensar no quanto preciso ser grata por tudo isso.

— Como se sente agora? Quer me contar o que respondeu quando recebeu essa carta no trabalho? — ela pergunta.

— Estou mais calma. Eu disse um sim, talvez não tão animado quanto deveria, porque ainda estou assustada, mas disse sim. — E me pego lembrando que minha cara não deve ter sido das mais felizes na frente de tanta gente importante, mas eu não sei fingir que estou bem no meio de uma crise de ansiedade.

— É importante que você não fique pensando no que pode dar errado. Preciso que foque no positivo. Primeiro, que se sinta orgulhosa desse convite. Sua carreira é importante para você, esse é um passo gigante. Encha o peito e orgulhe-se — ela diz.

— Estou orgulhosa de mim, claro. Imagina! Houston! — Começo a imaginar como será minha vida por lá, e então paro. Não posso sempre pensar muito à frente, preciso focar no momento importante que foi ter recebido essa oferta.

— Imagine agora como será a melhor maneira de contar para seu namorado, para seus pais... Feche os olhos e imagine-os felizes com sua vitória. — Faço o que ela pediu e relembro da festa de despedida de Ethan em minha casa. Como se passasse um filme na minha memória.

— Você abriu um sorriso, é assim que quero vê-la quando pensar em sua vitória. Que sinta orgulho, que se alegre com ela.

Abro os olhos e vejo-a sorrindo para mim. Agora meu sorriso é verdadeiro. Como se um peso imenso tivesse saído de meus ombros, uma pressão forte na nuca que começa a aliviar, passo da ansiedade para a euforia. Quero muito contar para eles as novidades.

— Não sei o que seria de mim sem você. Aliás não sei como vivi até aqui sem você, doutora. Vai ter que me atender por Skype — aviso.

— Daremos um jeito. Nada de colocar o carro diante dos bois — pede.

— Tem mais uma coisa que não contei que estava na carta. E essa me pareceu ainda mais surreal que acontecesse — confesso.

— Você quer me contar hoje? Sente-se preparada ou acha que falar a respeito lhe trará mais ansiedade? — ela me pergunta.

Mas eu estou certa do que quero dizer, e agora me sinto preparada para falar em voz alta o que parecia bom demais para ser verdade.

— A carta diz que preciso esperar o visto de trabalho sair para ir a Houston, onde meu próximo projeto tem duração de dois anos. Mas, lá no final, também diz que precisarei passar um mês em Nova York para fazer um curso em uma faculdade de Tecnologia da Informação, porque eles mudarão os sistemas e meu cargo exige que eu treine quem irei coordenar.

Quando falo isso, a doutora me olha e acho que diz o que vem na cabeça após ouvir o que revelei.

— Charlotte, seu namorado mora em Nova York. Você vai para Houston e ainda tem treinamento na cidade em que ele mora? Tem certeza de que essa carta veio do seu trabalho ou é um cartão de Natal adiantado de Papai Noel? — Ela ri comigo e tenho ainda mais certeza de que estou na melhor terapeuta do mundo. Ela se levanta, olha para o relógio, porque provavelmente deu nossa hora. E apenas finaliza com um: — Vá ser feliz. O medo nunca pode vencer a felicidade.

— Obrigada, doutora. Até a próxima quarta. — Eu me levanto e me dirijo até a recepcionista para assinar o convênio. Agora retribuo o sorriso com que ela me recebeu.

Saio do prédio bem mais relaxada, retorno para o trabalho com outros ares e aviso que preciso conversar com Ethan.

> Combinada nossa chamada hoje às sete horas da noite daqui?

Envio e fico aguardando resposta. Ele visualiza.

> Claro. Melhor hora do dia.

Passo o restante do dia sorrindo como uma boba, ouvindo dicas da Fiorela sobre lugares em Houston, e ela empolgada dizendo que quer me visitar.

— Juli vai me matar porque você sabe antes dela da minha transferência — digo.

— Amiga, eu cheguei na sua vida e já sentei na janela. Nem o boy gringo sabe ainda. Tenho informações privilegiadas. — Ela brinca que vai beijar o próprio ombro.

Minha caixa de e-mail do trabalho começa a receber notificações do RH para que eu inicie o processo de realocação. Meu Deus, nem meus pais sabem ainda e de repente eu estou com opções de moradia, diversos contratos para ler e instruções do que precisam para darem entrada no meu visto.

Se qualquer pessoa me contasse que tudo voaria dessa forma, eu jamais acreditaria. É difícil passar o dia trabalhando sem pensar no que direi para Ethan sobre minha transferência. Se tudo der certo, contarei primeiro à minha mãe assim que chegar em casa, e depois nos falaremos, mas eu queria tanto que fosse de uma maneira especial.

Não vai dar tempo de preparar nada muito empolgante, mas queria uma frase, que tivesse a ver comigo. Nem preciso pensar muito tempo, porque quando digito no Google ela está lá. Combina com meu momento, é um filme que amo e que vejo desde criança. Para completar, tem muito a ver com minha terapia de hoje.

Quando o expediente termina, arrumo a mesa, desligo tudo e sigo o mais rápido que posso para casa. Não vejo a hora de contar para minha mãe. No metrô, meu celular chama, mas a ligação não completa. Preciso sair da estação para finalmente o sinal ficar bom. É minha mãe. Ela deixou um recado gravado. Não podia esperar eu chegar em casa?

> Oi filha, esqueci de te avisar que hoje eu e Roger fazemos aniversário de namoro, então vamos jantar fora. Já estou aqui, não devo voltar para casa, pode ser que durma na casa dele. Dê notícias. Te amo, beijos.

Ótimo, em um dos dias mais importantes da minha vida, minha mãe não estará em casa. Respiro e tento não fazer drama. Por um lado, preciso assumir que ela e Roger estão tão bem e que isso me deixa mais tranquila de me mudar para longe e avisá-la com tão pouca antecedência.

Minha mãe não é a mulher que era quando embarquei para Nova York e conheci Ethan, e essa versão dela é a melhor de todas. Vê-la feliz me faz bem.

Em casa, parece que passei um mês na rua de tanta coisa que aconteceu, mas foi apenas uma quarta-feira. Tomo um banho, esquento uma lasanha congelada e me sento à frente da televisão para esperar a hora de falar com Ethan. Conforme o tempo vai passando, vou ficando mais nervosa.

Converso comigo mesma de que não haverá nada de crise de ansiedade por hoje. Encaixo no tripé o celular e espero dar dezenove horas. Estou de camisola com a carta-oferta em mãos.

— Boa noite, amor. Como foi seu dia? Estava com saudades — ele geralmente diz isso e nem percebe que seguro algo nas mãos.

— Não notou nada? — pergunto. Ethan está de moletom, jogado na cama, falando comigo.

— Que você ficou linda nessa camisola. É nova? — ele pergunta.

— É nova, mas não é isso. Ethan, olha isso aqui, namorado! Esse papel! Sabe que papel é esse? — Balanço-o, e o aproximo da câmera do celular, mas não tenho certeza se ele consegue ler o que está escrito.

— Sua promoção? Parabéns, para onde é? — Ele senta melhor na cama e tenta enxergar o que tem na carta.

Escondo-a de novo propositalmente e falo um diálogo que sempre quis encaixar na minha vida, então tento adaptar para esse momento.

— "Eu tenho medo de tudo. Tenho medo do que vejo, do que eu fiz, de quem sou e, acima de tudo, estou com medo de sair deste país e não ir. Porém mais medo eu tenho de nunca mais sentir na minha vida o que eu sinto por você" — falo, adaptando para minha realidade a frase que a personagem Baby diz em Dirty Dancing.

— Amor, eu não consigo nem pensar em filme, pelo amor de Deus, qual país? É mais perto daqui? — ele fala, agora andando de um lado para o outro soltando os cabelos e parecendo ansioso.

— Minha carta diz: Houston! Dois anos em Houston. E um mês em um curso em Nova York — digo, enquanto ele começa a pular do outro lado. Emociono-me com a reação dele. Ethan segura o celular e começa a chorar.

— Eu não acredito, obrigado, meu Deus. Eu não acredito que você vai vir para cá. Acho que nunca estive tão feliz. — Ele suspira, enxugando as lágrimas, e claro que estou me acabando de chorar também.

— Só tem um problema. Em Nova York, ouvi dizer que o melhor barista pediu demissão e vive fazendo turnê importante. Quem vai fazer meus cafés? — brinco com ele.

— Café não será problema. Você já sabe data, onde vai ficar? — ele se anima.

— Preciso do visto, vamos conversar e dar entrada agora, mas vou te avisando de tudo. Queria tanto te contar, mas não podia ser por mensagem algo tão importante assim. Então, como demorei para te contar, meus pais também não sabem ainda — revelo.

— Seus pais não sabem? Que horas você ficou sabendo?

— Logo perto do almoço, mas eu tinha terapeuta e corri para ela. Fiquei assustada, acho que tive crise de ansiedade. Mas estou bem agora, não se preocupe — eu o acalmo, antes que se junte com minha mãe para me mandar cuidar da saúde.

— Ela tem lhe feito bem, amor. Eu sinto isso. Na verdade, o que sinto agora é muita felicidade. Posso dizer que sou o homem mais feliz do mundo? Porque eu sou! — ele mesmo responde.

Fico o admirando, de longe, empolgado com minha ida e, se é que é possível, sinto-me ainda mais encantada com esse cara.

— Ethan, o destino quis mesmo unir a gente. Mas você sabe que ainda que não quisesse, eu não desistiria do cara mais incrível do universo — digo.

— Esse cara sou eu?

— É sim, o cara que tem o melhor coração, que me inspira a ver as coisas sempre da forma mais positiva possível. Um cara que nunca viu fronteiras, barreiras e nem questionou limites para ficar comigo e acreditar nesse nosso amor desde o primeiro dia. Tenho muita sorte de ter você — declaro-me.

— Não, não sou tão perfeito. É você que fez com que eu quisesse viver intensamente esse amor. E, para isso, eu não medi nada, apenas me entreguei — confessa.

— E eu que não acreditava em amor, que achava que era só coisa de filmes, me sinto no meio de uma comédia romântica clichê. Só não sigo os padrões das mocinhas de boa parte dos filmes, porque não caberia em uma blusa delas — brinco.

— Ah, Charlotte, mas tem um lugar que você cabe sempre...

— Espero que seja no seu coração — respondo.

— Também, amor. Aqui você já fica sempre, mas deixa você chegar aqui para eu te mostrar onde mais você cabe. Preciso mostrar na sua frente — ele insinua.

— Você consegue mudar a conversa para a forma mais sexy, mesmo quando falamos de minha mudança — respondo.

— Culpa sua. Tem partes de mim que se animam e eu não tenho como controlar quando se trata de você. — Ele se joga na cama, olhando-me de um jeito que sei o que ele quer.

— Sua sorte é que não tem ninguém em casa, e essa conversa toda também me deixou bem animada. — Tiro o celular do tripé e me deito com ele na cama.

Terminamos a chamada de forma imprópria para menores. O que me deixou mais ansiosa para que eu esteja o quanto antes ao vivo com ele para poder senti-lo novamente.

A terapeuta tira minha ansiedade, mas o Ethan também me ajuda a desestressar. E como!

Capítulo 22

O AMOR PEDE PASSAGEM

Janeiro de 2020 – Nova York, NY

Tínhamos planejado passar o Natal juntos. Assim como toda fã de cinema, sempre sonhei em ver de perto as decorações lindas de Nova York nessa época do ano. Mas John Green já tinha me avisado que "o mundo não é uma fábrica de realização de desejos" e preciso me contentar que andei tendo muita sorte com o destino ultimamente.

Com isso, quero dizer que meu visto de trabalho, que ficaria pronto no início de dezembro, teve um atraso de quase um mês e só consegui embarcar ontem, dia 3 de janeiro.

Estamos no dia 4 de uma manhã extremamente gelada nova-iorquina e, após esperar na fila da imigração por boas horas, finalmente peguei minhas malas e consegui colocá-las em um carrinho para encontrar Ethan.

O *roaming* do meu celular parece não ter sido ativado ainda pela empresa, o que faz com que eu não consiga enviar nem mesmo um "oi" para avisar que cheguei para Ethan e um "estou bem, já em Nova York" para meus pais, como tinha planejado.

Nunca imaginei que meu pai choraria mais do que minha mãe com minha partida. Ele mal conseguia falar uma frase sem me abraçar forte e pedir que eu voltasse ao Brasil todas as vezes que conseguisse.

O aeroporto está lotado. Quantos aviões devem ter desembarcado junto com o meu? Não consigo dar um passo empurrando esse carrinho sem pedir desculpas por ter esbarrado em alguém. Não consegui dormir quase nada no voo, queria poder ter consulta no ar com a doutora Cristina nas longas horas que me trouxeram até aqui.

O gosto na boca ainda é do vinho que pedi para ver se relaxava um pouco, mas acho que fiquei enjoada porque o voo teve algumas turbulências. Quanto mais ando, mais pessoas parece que entram nesse aeroporto e ninguém sai dele. Insisto em tentar ativar o celular, mas a mensagem diz que está em área indisponível.

Mesmo aqui dentro do Aeroporto JFK, o frio consegue entrar cada vez que alguém passa pela porta de entrada. Não quero ficar muito longe de onde eu saí, com medo de que Ethan não me veja. Ele sabia meu voo, deve estar atrasado por algum motivo.

Se minha vida fosse um filme, certamente eu sairia do voo e ele estaria com uma placa dessas que motoristas usam para buscar os passageiros no aeroporto com alguma frase fofa. Eu o veria desde que cruzasse a porta entre passageiros e local de espera e pularia no colo dele com um beijo daqueles.

Mas é vida real, e começo a me sentir culpada por querer que essa criança adorável, que não para quieta, desista de sentar nessa cadeira em que estou de olho. Como pode ter tanto entusiasmo a essa hora da manhã? A mãe dela está que é só olheiras, eu me cansei só de vê-la pulando de um lado para o outro.

Quando a mãe a chama, ela acena para mim dando tchau, e sorrio para ela quase mandando um beijo por ter liberado a cadeira para eu poder soltar minhas coisas e dar uma descansada. Quem imagina que fiquei sentada muito tempo no avião por isso não deveria estar cansada, certamente não tem medo de voar. Lá dentro fico tão tensa que minhas pernas saem como se tivesse subido vários lances de escada de uma só vez.

Estico-me na cadeira, colocando o carrinho com as malas perto de mim, e fico ligada na porta de entrada para ver se vejo Ethan chegando. Do nada, a música ambiente do aeroporto é abafada por uma voz que não consigo reconhecer pela quantidade de gente passando na minha frente. Fico de pé e, ao meu lado, boa parte das pessoas que estavam sentadas pegam seus celulares e começam a filmar.

Até me animo, achando que estão filmando algo dentro do aeroporto e que verei várias celebridades. Enxergo um rapaz de terno vir andando com um microfone na mão, e as pessoas abrem caminho no corredor para que ele possa vir cantando.

You're just too good to be true
Você é boa demais para ser verdade

Can't take my eyes off of you
Não consigo tirar os olhos de você
You'd be like Heaven to touch
É como estar no paraíso te tocar
I wanna hold you so much...
Quero tanto te abraçar...

 Será que isso é pago pelo aeroporto? Bom, Dia dos Namorados aqui é só em fevereiro, pode ser alguma ação especial, norte-americanos inventam essas coisas do nada. O rapaz é bonito, mas acho que não é famoso, não o reconheço.
 Ele segue cantando, e eu guardo o celular para prestar atenção. Será que é para alguma mulher em especial? Todo mundo fica se olhando, procurando entender. Até que a música entra em uma parte instrumental, e o tal rapaz para na minha frente. Ele estende a mão como se me chamasse para o centro, onde ele está. Olho para trás, achando que ele está chamando a pessoa errada, porque é bem óbvio que está, nunca o vi na vida.
 Nego, sem graça, e me sento, tentando me esconder dos olhos curiosos, mas então percebo que os instrumentos da parte instrumental se aproximam de onde estou, olho para o lado direito e ali está ele. Ethan, de jeans, um sobretudo preto, e tocando seu violino. Meu coração dispara em um misto de surpresa e emoção, ainda sem entender o que está acontecendo.
 Um coral aparece, e percebo um rosto conhecido: Luíza, ela está no meio de três moças, que fazem à capela:

I love you, baby
Amo você, baby
And if it's quite alright
E se estiver tudo bem
I need you, baby
Preciso de você, baby
To warm the lonely night
Para aquecer as noites solitárias
I love you, baby...
Amo você, baby...

 Eu me levanto e me sinto no meio daqueles *flash mobs* de aeroportos que já vimos tantas vezes no YouTube. Estou emocionada, mas ainda não acredito que tudo isso é para mim. Ethan para de tocar, entrega o violino para uma das moças e o rapaz segue cantando com elas.

Para quem, minutos atrás, queria uma cena de filme, a que estou vivendo agora jamais poderia ser imaginada por mim. Chego perto de Ethan e ele canta a música baixinho, olhando diretamente em meus olhos, como se declarasse e ali só tivesse nós dois naquele aeroporto abarrotado de pessoas do mundo inteiro.

Eu o abraço forte e ele me embala ao som que toca. Nós nos movemos, grudados um ao outro, e ele fala em meu ouvido:

— Sei que é difícil a gente se afastar, mas preciso de dois minutos. Fica paradinha aí.

Ele me ajeita na sua frente, enquanto me distraio com as lágrimas escorrendo e com as pessoas nos olhando. Estou morrendo de vergonha, mas ao mesmo tempo vivendo um dos momentos mais marcantes da minha vida. Como ele consegue imaginar essas coisas e me transportar para dentro de histórias que nunca sonhei que viveria?

Meus pensamentos são interrompidos quando ouço um suspiro uníssono do público ao redor, e de Luíza apontando para que olhe para frente.

Ethan está ajoelhado. Ele segura uma caixinha de veludo e dentro tem um anel. Eu poderia desmaiar nesse instante, minhas pernas tremem, mas não acho que esteja com medo. Estou explodindo de amor e felicidade por esse homem.

— Charlotte Pereira Rizzo, você aceita se casar comigo? — ele me pergunta, e na minha mente só vem aquela pergunta do programa de vestido de noivas. Se esse é meu vestido ideal, mas na verdade esse é o homem ideal. É ele mesmo.

— Claro! — respondo. Na mesma hora, Ethan se levanta, coloca a aliança em meu dedo e ouço a música parar, e o som de aplausos.

— Que medo de você dizer não. — Ele me beija e me abraça.

— Eu não imaginei ser recebida com uma aliança, mas não tenho do que reclamar. — Olho para o anel em meu dedo e sigo emocionada.

Ao mesmo tempo que estou imensamente feliz, queria muito que esse momento tivesse sido vivido perto de meus pais, ou que eu pudesse falar com eles agora. Ethan parece adivinhar meus pensamentos.

— Tem duas pessoas que acordaram cedo para ver essa surpresa para você e o pedido — ele diz isso, e Igor se aproxima, com o celular em mãos, mostrando meus pais do outro lado em uma *live* que ele acabou de fazer.

— Vocês planejaram tudo isso? — Mal consigo agradecer, porque eles viram tudo e eu não acredito que isso foi tão bem pensado assim por meus amigos e por ele.

— A gente ajudou em algumas coisas, mas Ethan tem talento para surpresas, e para te amar, claro — Luíza responde.

Pego o celular das mãos de Igor e mostro a aliança para meus pais. Tem mais duas amigas minhas on-line que reconheço: Juli e Fiorela. Elas deixaram comentários.

> Nos sentimos aí com você, amiga!

> Ai de você se disser que não!

> Me chama para madrinha

Falo com meus pais rapidamente e aviso que ligarei mais tarde assim que conseguir resolver o problema do *roaming*.

Ethan me apresenta para todo mundo que estava na surpresa.

— Esse aqui é o Paul, nos conhecemos nos concertos e ele amou a ideia de vir aqui cantar para você. E essas são Melissa, namorada dele, e Meghan. Elas já fizeram algumas apresentações comigo como *backing vocals* em gravações e quando contei da minha ideia todos eles fizeram questão de participar — explica.

Aperto a mão de cada um deles. Por mais que esteja acostumada com dois beijinhos, sei que aqui soa estranho para o dia em que nos conhecemos. Agradeço muito a todos.

O aeroporto vira o que estava antes, um enorme barulho de chegadas e partidas. Ethan empurra meu carrinho e Igor avisa que alugou um carro para que possamos passear nesse um mês meu por lá.

Estar com Ethan, de volta a essa cidade, e ser noiva dele agora... Quem diria que uma viagem com a grana do FGTS fosse mudar tanto minha vida.

Meu Crush de Nova York 2 141

Capítulo 23

COMO SE FOSSE A PRIMEIRA VEZ

Fevereiro de 2020 – Nova York, NY

Por mais feliz que esteja com Ethan, sinto que voltamos sempre ao mesmo ponto: precisamos nos despedir em algum momento e os dias juntos passam rápido demais.

Essa é minha última semana em Nova York. O curso já acabou e sei que ele fez um esforço imenso para mudar toda a agenda de gravações e concertos para estar comigo o maior tempo que pudesse.

Cada segundo foi incrível. Para ser sincera, Nova York, no inverno, não é a melhor opção para uma carioca, a neve mal permite que a gente ande em alguns lugares. Não conseguia tirar uma foto sem me sentir totalmente congelada. Fora que mexer no celular exige que eu tire as luvas, e sinto ficarem roxos cada vez que faço isso.

Nova York dessa vez teve ar diferente. Eu estava aqui para estudar, mas para nas horas vagas curtir meu noivo. Nossa, é até estranho falar noivo. Mas é o que ele é.

Sobrava pouco tempo para passeios, para curtir restaurantes ainda não experimentados, peças de teatro não vistas, porque tudo girava em torno do curso que era exaustivo, e eu não podia ficar bocejando na frente do professor.

Quero voltar aqui no outono, quem sabe no verão, porque dessa vez a cidade que nunca dorme me pareceu mais a cidade que nunca esquenta. Nem o aquecedor do hotel onde a empresa me hospedou parecia fazer efeito, eu dormia com um pijama por cima do outro.

Ethan, boa parte das noites, vinha me esquentar, mas ele também tinha as responsabilidades dele. Não podia passar o dia todo à minha disposição porque precisava cumprir os ensaios.

Fiquei muito orgulhosa quando ele me avisou que seria o titular da filarmônica e que tocaria em turnê com a Sarah Brightman por todos os Estados Unidos. Fiquei imaginando se conseguiria ir ao show, caso tocassem em Houston, mas ainda não marcaram a data de lá.

O frio só não me desanimou de curtir cada pedacinho do corpo dele. As saudades acumuladas me fizeram demonstrar tudo que senti no Brasil, mas que não podia extravasar por estarmos longe. Foram dias insanos que, se o meu curso e o trabalho dele não nos chamassem para sairmos do quarto, poderíamos ter facilmente vivido como em *Nove Semanas e Meia de Amor*. Resolvi colocar em prática todos os livros hot que li na Amazon esses anos, e ele parecia não se cansar nunca, o que nos fez ficar ainda mais conectados.

Avaliando esse um mês, não tivemos uma briga sequer. Acho que tanto eu quanto ele sabíamos que nosso tempo juntos era sempre precioso e que perder tempo com bobagens seria um desperdício.

Tentamos caminhar no Central Park, para tirarmos fotos e guardarmos na memória mais uma vez, mas as fotografias no meio da neve são para os fortes: o vento que não parava de bater e a dificuldade em caminhar no frio congelante renderam ótimas fotos quando nos refugiamos no Starbucks mais próximo.

A natureza no inverno não é o melhor lugar para uma carioca friorenta. Enquanto faço as malas e espero Ethan chegar do ensaio, fico recordando cada momento nosso nesse quarto. E pensando quando será a próxima vez que nos veremos novamente assim que embarcar em seis dias.

É estranho olhar para trás e não reconhecer a Charlotte que pisou aqui há quase dois anos atrás. É estranho não ter mais meus tios morando por aqui. Nesse meio-tempo, o banco em que meu tio trabalha o transferiu para São Paulo no final do ano passado. Quase ao mesmo tempo em que recebi a carta-oferta para vir, ele recebia a do trabalho dele para assumir um posto em nosso país.

Não tivemos tempo de nos encontrar. Falei com minhas primas diversas vezes, deixei minha tia atualizada o máximo que pude, mas a vida deles andava muito diferente e turbulenta por conta da mudança. Ela precisava terminar o MBA que começara e as meninas estavam em um misto de empolgação por ficarem mais perto da família, mas tristes por abandonarem os coleguinhas que fizeram e a vida a qual já tinham se adaptado.

Só quem nunca viveu nessas transferências loucas a serviço da empresa pode achar que morar no exterior é sempre maravilhoso. Por mais problemas que nosso país tenha, ali é nosso lar, é onde nos acostumamos a viver e onde nossa zona de conforto vive, seja pela família, seja pelos amigos.

Viver em outro país, com outro idioma e outra cultura é maravilhoso e assustador, e sinto isso todos os dias, mesmo com Ethan por perto. Estou começando a ficar tensa sobre ir para Houston, onde não tenho absolutamente ninguém conhecido. É como começar do zero, como se jogar de um avião sabendo que sua empresa te deu um paraquedas, mas o trajeto até chegar segura ser tão rodeado de adrenalinas e incertezas que, no meio dele, você tem vontade de voltar para o avião e se sentir segura novamente, com tudo que esteja habituada a conviver.

Não quero julgar quem não teve coragem, porque eu mesma quase desisti no meio do caminho. Mas aqui estou, com uma aliança no dedo, e esperando mais uma vez que o destino nos guie, com uma mala lotada de lembranças. Duas, na verdade.

Minha tia sempre disse que eu precisava cortar o cordão umbilical, e eu cortei sem sentir, porque aqui estou, cheia de gente me apoiando para os próximos passos. Porém, com o medo sempre me fazendo lembrar que o novo ainda me assusta e preciso lutar diariamente para que ele não vença.

Quando termino de fechar as malas, recebo uma mensagem de Ethan. Pelo menos já as deixei mais ou menos prontas, porque as roupas estavam jogadas por todo o quarto como se fosse viver aqui para sempre.

> Ensaio atrasado. Chego aí daqui a duas horas mais ou menos. Te amo, me espere para comer. 🙄🤤

Mando uma figurinha com o Yoda fazendo "ok".

E me jogo na cama, usando tudo que tem nela para me cobrir. Ligo a televisão para passar o tempo até ele chegar. Todos os canais estão mostrando matérias sobre um vírus que chamam de coronavírus. Os primeiros casos foram na Ásia, mas ele está se espalhando rapidamente na Europa.

Já tinha ouvido falar dos casos, mas a gente sempre pensa que a China está longe demais de onde estamos e esquece que o mundo é globalizado. Quando aparece algo na outra metade do mundo, é fácil chegar em qualquer parte hoje em dia.

Imagens mostram a Itália, onde muitos idosos têm tido problemas de falta de ar. Os epidemiologistas dão entrevistas informando o que já sabem. Penso logo no Brasil e em como seria devastador algo assim chegar ao meu país. Parece que passa de pessoa para pessoa pelo ar, mas já se descobriu que lavando bem as mãos o vírus morre.

Levanto da cama e vou até o banheiro lavar as mãos como ensinaram na televisão. Pego-me pensando que não as limpo tanto quanto deveria por dia. Começo a achar que estou ficando neurótica.

A repórter acaba de falar que o primeiro caso diagnosticado nos Estados Unidos foi em janeiro em Washigton, mas que ainda não há dados registrados de contaminados em Nova York. Por via das dúvidas, as pessoas já começam a se preocupar com que chegue por aqui, já que os especialistas afirmam que facilmente ela se espalharia na cidade por causa da quantidade de moradores. Alguns dizem que aqui seria facilmente um epicentro da doença, se o prefeito não tomar nenhuma atitude.

O cenário parece de um filme distópico, e as previsões não são das melhores, mas desligo a televisão desejando que, apesar de todo estudo de cada uma das pessoas que apareceu falando sobre o tema, os Estados Unidos ajam como vemos nos filmes: salvando todos e flamejando aquela bandeira no final. Não é assim que termina boa parte dos filmes gravados aqui mesmo nessa cidade?

Tudo bem que boa parte das vezes o presidente era o Morgan Freeman. Não sei se podemos esperar esse resultado quando o homem mais poderoso do país é Donald Trump, que parece não estar se importando com as notícias tanto quanto eu.

Adormeço esperando por Ethan, com a televisão ligada, e acordo com ele me dando um beijo e deitando do meu lado. Não sei que horas são. A televisão está passando algum filme com Tom Cruise, acho que *Missão Impossível*.

Eu me viro para ele e só peço uma coisa:

— Me abraça, me abraça forte e faz com que esse aqui seja de novo o lugar mais seguro do mundo? — Eu o aperto com força.

Ele parece não entender muito o que estou sentindo e pergunta:

— Estou aqui, o que aconteceu? Teve um pesadelo? — Ele acaricia meu cabelo e beija minha testa.

— Não, não foi pesadelo. Foi a realidade, e ela as vezes assusta mais do que qualquer roteiro de filme de terror. Só me abrace e me deixe esquecer por instantes como é bom só pensar em coisas boas quando se está com quem se ama — quase imploro.

E, como sempre, ele faz o que peço e muito mais. Ele me abraça forte, me enche de beijos e me diz:

— Sempre. Sempre será o lugar mais seguro do mundo, onde quer que a gente esteja, desde que você esteja aqui nos meus braços. Não precisa pedir, sinta como se esse fosse seu próprio lar. Porque é como também me sinto: em paz quando você está por perto.

Capítulo 29

CONFINAMENTO

Março de 2020 – Houston, Texas

Morar em Houston era diferente de tudo que imaginei. Tive que aprender que, quando precisasse de ajuda, poderia contar com o RH da empresa, mas quando tinha crises de choro por causa das saudades de meus pais ou de Ethan, precisava esperar dar o fuso horário melhor para falar com a Juli ou com Fiorela, mas nem sempre eles batiam com o melhor momento para mim.

Segui fazendo a terapia por Skype com a doutora Cristina, mas não acho que seja a mesma coisa, ainda que ouvir a voz dela sempre me acalme. Mesmo morando no mesmo país de meu noivo, nossos planos de nos vermos não são como a ponte aérea Rio x São Paulo, e nem temos tanta grana para ele vir nos finais de semana. Aliás, é nos finais de semana que ele mais trabalha, então, pelo nosso combinado, apenas nos veríamos daqui a um mês.

Pode parecer pouco para quem já viveu sem a certeza de nada, nem se o nosso relacionamento daria certo, mas para mim, que estou me sentindo bem sozinha nessas primeiras semanas na casa nova, ainda sem muita coisa instalada, parecem anos.

As caixas ainda me olham, pedindo para serem desmontadas. A televisão foi a única coisa que instalei no mesmo dia que chegou. O prédio é silencioso e preciso de um carro para fazer tudo, até mesmo ir ao mercado. Por enquanto, a empresa alugou um para mim, mas tenho um mês para comprar outro ou ficarei presa em casa, já que aqui não é como Nova York que tem transporte para tudo que é canto.

O lugar do meu apartamento não é central, portanto o metrô não passa aqui perto. Já ouvi muitas coisas a respeito de como vale a pena ir de metrô para o trabalho, mas essa não poderá ser minha opção. Quando ando pelo Centro, parece outro mundo. Tem lojas para todos os lados. Consigo pegar facilmente uma condução, mas não aqui nesse bairro. Como meu pacote de expatriado só dava direito a um aluguel no valor dos bairros mais afastados, não tive muita escolha.

Aprendi a fazer tantas coisas sozinha em um mês, tive que me virar mesmo. Não tinha minha mãe ou pai para pedir ajuda, nem sequer um amigo próximo. Por mais que tenha falado com Luíza e Igor, que já vieram aqui porque visitaram a cidade quando ela veio tocar, nem todas as dicas pude aproveitar, porque uma coisa é estarmos a passeio, a outra é gastarmos essa quantia diariamente, então tive que improvisar no mercado o que consigo fazer sozinha.

Esse mês as coisas mudaram muito por aqui, e posso dizer que no Brasil ainda mais. Ontem, ao falar com minha mãe, ela disse que o governador do Rio de Janeiro e de São Paulo decretaram quarentena, e que a maioria das pessoas que são de serviços não essenciais estão de *home office*.

Eu me preocupei com eles, porque os casos por lá não param de aumentar. Esse mês deu um salto do primeiro caso de Covid-19 confirmado até constatarem mais pessoas infectadas. Aqui em Houston ainda não fecharam nada.

Quando ligo a televisão, preocupo-me com Ethan. Não consegui falar com ele o dia todo, e a matéria da CNN também não ajuda com que me acalme.

— *Seis em cada dez pessoas infectadas estão na cidade de Nova York, que tem 40% a mais de casos per capita do que a Itália, o país com mais mortes pelo vírus e o segundo com o maior número de infecções registradas após a China. Até segunda-feira, a pandemia já havia ceifado a vida de 99 pessoas. O governo do estado aumentou gradualmente as restrições para diminuir a onda de contágio, com o fechamento de escolas, restaurantes e outras lojas, e pediu à população local que ficasse em casa.*

Fico imaginando que, se é para ficar em casa, onde Ethan se enfiou com esse vírus à solta. Ele tinha turnê, mas só viajaria daqui a dois dias. O celular dele segue dando fora de área.

Estou completamente sem fome de nervoso. No trabalho, deram-me a semana para eu poder arrumar as coisas em casa e esperar chegarem alguns produtos que comprei, mas ainda não parecem preocupados com isso.

Enquanto pego um iogurte na geladeira e me sento na única cadeira que já tenho aqui no apartamento, já que o sofá ainda não foi entregue, mudo de Canal para ver se algo me distrai.

Entra um pronunciamento de Donald Trump, pedindo para que todos os estados façam quarentena. Na mesma hora, o grupo do trabalho no WhatsApp informa que o time de QHSE (Quality, health, safety e environment — Qualidade, saúde, segurança e ambiente) está reunido para nos dar informações sobre a decisão da empresa em breve.

Não quero surtar. Longe da família, o noivo sem dar notícias e as pessoas ensandecidas aparecendo agora na televisão, comprando papel higiênico e estocando tudo que podem do mercado. Por que sempre estocam papel higiênico? Comida e água eu entendo.

De todos os filmes que imaginei viver morando nos Estados Unidos, *Contágio* definitivamente não estava na lista. E, pelo que me lembro, a história é bem similar com o pesadelo que o mundo passou a viver em conjunto.

Fico pensando agora se também não devia ter feito estoque das coisas, porque parece que tudo vai fechar mesmo. Minha respiração começa a falhar e sei que quando começo assim é porque vou ter crise de ansiedade. Fecho os olhos e tento respirar. Penso em coisas boas, paro de pensar que Ethan possa estar contaminado e passando muito mal, sem poder falar comigo.

Preciso focar em coisas boas. Vem à minha mente o pedido de casamento dele, o sorriso de minha mãe quando embarquei... ela está bem, ela não sairia de casa, ela me prometeu. Ela e Roger ficarão seguros em casa. Tinham comprado máscaras, luvas, e muito álcool para passar nas mãos e em tudo que pedissem da rua.

Sempre existem alguns filmes que são nosso SOS para momentos tensos. Já usei essa tática diversas vezes nos aviões, em dias tristes... e um momento preocupante como esse, onde estou de mãos atadas, longe de quem amo, preciso dessa fuga de realidade.

Zapeio os canais de televisão para ver quais opções tenho. E quando aparece O espelho tem duas faces, escolho esse na hora. É sempre bom ver Barbra Streisand nos lembrando de que precisamos nos sentir lindas para nós mesmas e não para os outros. Esse filme é um clássico para mulheres de qualquer idade que tem ou tiveram baixa autoestima.

O filme já está na metade. Sei algumas falas de cor, amo quando ela dá um fora no personagem do Pierce Brosnan. Adoro quando ela coloca Gregory, vivido por Jeff Bridges, no lugar que ele merece. Sem contar a trilha sonora, que merece ser ouvida diariamente.

Melhor coisa que fiz para relaxar foi ter colocado esse filme. Quando chega na cena mais aguardada, a do final, minha campainha toca. Não acredito que na hora em que ele vai atrás dela, na melhor parte, terei que parar de ver.

Deve ser alguma compra que fiz. Vou atender a porta, meio rabugenta, e fico com um olho na televisão e outro na porta. Espio pelo olho-mágico e não acredito no que vejo. Tento destrancar a porta o mais rápido que consigo, mas quem mora sozinha e é carioca sempre dá todas as voltas na chave e usa todos os trincos da porta.

Quando finalmente consigo abri-la, ali está ele: Ethan. Não pergunto nada, só o beijo. Ele pede que me afaste.

— Amor, todo cuidado é pouco. Vim do aeroporto, vou tomar um banho, preciso deixar os sapatos aqui fora, trouxe álcool em gel, esse kit de máscaras, e tentei de todas as formas não encostar em nada. Mas nunca se sabe. Melhor colocar minha roupa toda para lavar.

Eu não entendo nada, mas pelo menos máquina de lavar eu tenho, porque isso e o fogão já estavam no apartamento.

— Você fez essa surpresa toda para passar o dia comigo? Amanhã não começa sua turnê? Ou daqui a dois dias? — pergunto, curiosa, mas feliz com a surpresa.

Ele tira toda a roupa e eu a jogo na máquina. Somente assim ele me abraça de verdade, depois de passar álcool no corpo inteiro.

— Foi cancelada. Ou melhor, adiada. A situação na Europa não está boa, a Sarah não deve vir tão cedo. E todas minhas gravações foram canceladas, estou com a agenda livre. Quando soube disso, fiz as malas e vim para cá — ele resume.

— Nossa, Ethan, fico muito triste com tudo isso. Na verdade, estou com medo, muito medo de tudo, mas ter você aqui é incrível. Não vou negar. Estava me sentindo muito sozinha. Não sei quando e se retornarei ao escritório. Tudo agora virou uma incógnita.

— Ficarei com você até isso tudo passar, até que eu possa voltar ao meu trabalho em segurança. Isso é, se você permitir — ele diz isso, sabendo que jamais expulsaria um homem como ele só de cuecas na minha sala vazia, onde só tenho uma cadeira e uma televisão.

— Só tenho um colchão, mas a casa é sua. E essa televisão. Mas podemos dividir o pouco que já tenho. — Mostro a ele o que tem na casa.

— A televisão é importante, o colchão também... estou aqui, precisa de mais alguma coisa? — ele pergunta, mordendo o lábio daquele jeito que me faz esquecer todos os inúmeros problemas que estamos passando no mundo lá fora.

— Estava sendo salva pela Barbra, mas agora que você chegou... — Eu o abraço.

Ele pega o controle da televisão e os dois estão na cena final onde ele pede desculpas e vão se beijar. Ethan aumenta o volume da televisão no máximo, a música Nessun Dorma invade o pequeno cômodo em que estamos.

— A gente pode imitar essa cena com essa trilha sonora, se você quiser, agora — sugere, e nem tenho tempo de responder. Ethan me puxa pela cintura. Como amo que ele faça isso quando decide me beijar sem parar!

Nós nos beijamos, ouvindo a música e, com nossos corpos abraçados, fecho os olhos e é como se estivéssemos no meio de Nova York, lotada de gente, sem nenhum medo de nos aglomerarmos, onde meu maior medo era me apaixonar.

Dilegua, o note
Desvencilhe, a noite!
Tramontate, stelle
Desapareçam, estrelas!
Tramontate, stelle
Desapareçam, estrelas!
All'alba vincerò
Ao alvorecer eu vencerei!
Vincerò
Vencerei
Vincerò...
Vencerei...

E assim como diz o refrão da famosa ária da ópera *Turandot*, de Giacomo Puccini, *Nessun Dorma*, com certeza, ninguém dorme essa noite.

FIM

Agradecimentos

Alguns autores acham essa a parte mais difícil do livro, mas eu amo reconhecer todas aquelas pessoas mágicas que fizeram com que esse livro fosse possível chegar até vocês.

Por essa razão, primeiro gostaria muito de agradecer a você, leitor. Você, que leu Meu Crush de Nova York desde que foi lançado, que o fez esgotar na prateleira da Bienal do Livro de 2019, que me encheu de alegria ao dividir comigo, seja em suas redes sociais, por direct para mim ou em avaliações o quanto gostou do primeiro livro. Quando o escrevi, não pensei que Charlotte e Ethan fossem ganhar tanto assim os seus corações.

Se essa continuação foi escrita, foi porque você pediu, para mim ou para editora, mas ela existe por você e para você. E quando estiver com essa história em mãos, seja por livro físico ou em e-book, ela deixará de ser minha e passará a ser sua também. Então, desejo de verdade que se divirta tanto quanto no primeiro livro.

Antes de continuar agradecendo, devo uma explicação a vocês, de que Charlotte é baseada em muita coisa minha, mas não em tudo. Se tem algo que me orgulho dessa personagem é de ela ter tido a coragem que eu não tive anos atrás, quando meu trabalho quis me transferir para fora do país. Na verdade, até a entrega dessa história, eu sigo nunca tendo sequer morado em outra cidade. Se você é assim como eu, saiba que há momentos em que me arrependi dessa decisão, mas resolvi não sofrer por isso e transformar a história da minha personagem em uma gostosa experiência. A mais positiva possível. Por mais que tenhamos tido uma pandemia no meio do caminho.

Mas se você precisa da coragem que ela teve para enfrentar o medo ao novo, espero que ela te ajude a encontrar a melhor forma de enfrentar as incertezas e viver intensamente o que quiser viver. Seja acompanhada ou só. Como diz aquela música, *você é seu próprio lar*.

Agora vamos aos agradecimentos, para que eu conseguisse escrever essa história em um ano tão difícil como 2021.

Agradeço a Deus e a São Judas Tadeu, por minha saúde e de meus familiares. E por ter encontrado forças de continuar criando histórias.

Aos meus pais e irmão, por seguirem me apoiando, de longe ou de perto, mas entendendo que se manter seguros e acreditando na ciência é o que importa. Que temos todo o tempo do mundo para vivermos em segurança, assim que a pandemia acabar. Amo vocês.

Aos meus sogros, por serem minha base e de meu marido sempre. Obrigada por serem tão incríveis conosco. Todo meu amor para vocês.

À Juliana Cabeza, minha melhor amiga de toda uma vida, por emprestar seu nome para a melhor amiga de Charlotte, por ser minha amiga há tantos anos e seguir sendo a mesma pessoa incrível de sempre. *"Amiga, para siempre, you'll always be my friend"*.

Obrigada a todos meus seguidores do A Menina que Comprava Livros, que apoiaram esse projeto desde o primeiro volume, que me enchem de carinho diariamente e que me sinto próxima mesmo quando estamos longe. Vocês são demais!

À minha agência Increasy Consultoria Literária, por seguir acreditando em minhas histórias; em especial à Grazi Reis, por todo carinho com que lidou com Charlotte e Ethan nesse segundo volume.

Muito obrigada à toda equipe da editora The Gift Box (eu não quero esquecer ninguém, mas o pessoal que fica nos estandes nas feiras também merece todos os agradecimentos do universo!). Claro que preciso agradecer por todo apoio que Anastacia Cabo me deu, todo carinho com que Solange Arten me trata e por cada profissional que fez parte desse livro. Por último, mas não menos importante, à Roberta Teixeira, por seguir transformando sonhos em realidade e dividindo sua paixão pelos livros com suas autoras e leitores da editora. Amo cada uma de vocês do fundo do meu coração!

Se acharam que ficou faltando alguém, o culpado pelo romance desse livro e por Nova York, Rio de Janeiro e qualquer outro canto do mundo ter gostinho de comédia romântica: ao meu marido Gabriel, por ser meu Ethan da vida real e por seguir me mostrando todos os dias que seu abraço é o lugar mais seguro do mundo. Te amo!

Espero que tenham gostado da história. Beijos em todos, com muito amor, meus, de Charlotte e de Ethan.

Com Amor,
Raffa Fustagno.

Filmes e séries

FILMES

Idas e Vindas do Amor (Capítulo 1)
Título Original: Valentine´s Day
Ano: 2010
País: EUA
Direção: Garry Marshall
Elenco: Julia Roberts, Anne Hathaway, Jessica Alba, Taylor Swift, Taylor Lautner
Gênero: Romance, Comédia
Sinopse: Em uma série de histórias conectadas, vários moradores da cidade de Los Angeles passam por altos e baixos em apenas um Dia dos Namorados. No decorrer desse dia, eles encaram primeiros encontros, longos relacionamentos, paqueras adolescentes e chamas antigas.

Adoro Problemas (Capítulo 2)
Título Original: I love Trouble
Ano: 1994
País: EUA
Direção: Charles Shyer
Elenco: Julia Roberts, Nick Nolte
Gênero: Romance, Comédia
Sinopse: Veterano jornalista (Nick Nolte) enviado para cobrir desastre de trem. No dia seguinte, descobre que bela novata (Julia Roberts) que conheceu no local deu furo de reportagem: o desastre foi fruto de sabotagem.

Começam a investigar paralelamente, com direito a alfinetadas um no outro, até os perigos da vida os levam a unir forças.

Brilho eterno de uma mente sem lembranças (Capítulo 2)
Título Original: Eternal Sunshine of the Spotless Mind
Ano: 2004
País: EUA
Direção: Michel Gondry
Elenco: Jim Carrey, Kate Winslet
Gênero: Ficção Científica, Drama, Comédia
Sinopse: Joel (Jim Carrey) e Clementine (Kate Winslet) formavam um casal que durante anos tentaram fazer com que o relacionamento desse certo. Desiludida com o fracasso, Clementine decide esquecer Joel para sempre e, para tanto, aceita se submeter a um tratamento experimental, que retira de sua memória os momentos vividos com ele. Após saber de sua atitude Joel entra em depressão, frustrado por ainda estar apaixonado por alguém que quer esquecê-lo. Decidido a superar a questão, Joel também se submete ao tratamento experimental. Porém ele acaba desistindo de tentar esquecê-la e começa a encaixar Clementine em momentos de sua memória os quais ela não participa.

Rio, eu te amo (Capítulo 3)
Título Original: Rio, eu te amo
Ano: 2014
País: Brasil, EUA
Direção: John Turturro, Fernando Meirelles, José Padilha
Elenco: Fernanda Montenegro, Rodrigo Santoro, Bruna Linzmeyer
Gênero: Drama, Comédia, Romance
Sinopse: Novo episódio da série de filmes Cidades do Amor, Rio, Eu Te Amo reúne dez curtas de dez diretores brasileiros e internacionais. Cada uma das histórias revela um bairro e uma característica marcante da cidade maravilhosa.

Esposa de Mentirinha (Capítulo 3)
Título Original: Just go with it
Ano: 2011
País: EUA

Direção: Dennis Dugan
Elenco: Jennifer Aniston, Adam Sandler, Brooklyn Decker
Gênero: Romance, Comédia
Sinopse: Danny Maccabee (Adam Sandler) queria um relacionamento sério, mas foi infeliz em sua tentativa de casamento. Para driblar a carência, passa a vivenciar somente namoricos e transas sem o menor compromisso. Assim, ele toca sua vida como cirurgião plástico bem sucedido, tendo sua melhor amiga Katherine (Jennifer Aniston), mãe solteira de um casal de pirralhos, como fiel escudeira. Mas um dia ele conhece a jovem Palmer (Brooklyn Decker) e a paixão toma conta de ambos. Disposto a se casar com ela, Danny pisa na bola quando, para conquistá-la, inventa que é marido da amiga, pai das crianças e que vai se separar. Começa então uma verdadeira aventura amorosa recheada de confusões de todos os tipos.

O maior amor do mundo (Capítulo 4)
Título Original: Mother´s Day
Ano: 2016
País: EUA
Direção: Garry Marshall
Elenco: Jennifer Aniston, Julia Roberts, Kate Hudson, Jason Sudeikis
Gênero: Drama, Comédia
Sinopse: Nesta comédia romântica, cinco histórias associadas à maternidade se cruzam: Sandy (Jennifer Aniston) é uma mãe solteira com dois filhos, Bradley (Jason Sudeikis) é um pai solteiro com uma filha adolescente, Jesse (Kate Hudson) tem uma história complicada com a sua mãe, Kristin (Britt Robertson) nunca conheceu a sua mãe biológica e Miranda (Julia Roberts) é uma escritora de sucesso que abre mão de ter filhos para se dedicar à carreira.

Dizem por aí (Capítulo 5)
Título Original: Rumor Has It
Ano: 2006
País: EUA
Direção: Rob Reiner
Elenco: Jennifer Aniston, Kevin Costner, Mark Ruffalo, Shirley MacLaine
Gênero: Comédia, Romance, Drama
Sinopse: Após um longo tempo, enfim Sarah Huttinger (Jennifer Aniston)

aceitou se casar com Jeff (Mark Ruffalo), seu namorado. Mas na verdade ela ainda está em dúvida sobre se realmente quer se casar. Sua vida profissional também está confusa, já que Sarah é uma aspirante a jornalista e não consegue deixar a área de obituários do New York Times. Para piorar ainda mais a situação ela precisa ir ao casamento de sua irmã, o que significa ter que passar bastante tempo com sua família, o que sempre a deixou deslocada. Porém sua vida muda quando conhece o milionário Beau Burroughs (Kevin Costner), que a ajuda a conhecer quem realmente é e a conhecer melhor sua família.

Coincidências do Amor (Capítulo 6)
Título Original: The Switch
Ano: 2010
País: EUA
Direção: Allan Loeb
Elenco: Jannifer Aniston, Jason Bateman, Jeff Goldblum
Gênero: Comédia

Sinopse: Em Coincidências do Amor, Kassie Larson (Jennifer Aniston) é uma mulher madura, bem sucedida e que sempre sonhou em ser mãe. Com dificuldades para encontrar o homem certo, ela decide fazer inseminação artificial para realizar seu grande sonho. Wally (Jason Bateman), seu melhor amigo, é extremamente neurótico e não concorda com a ideia, que tem tudo para mudar para sempre as suas vidas.

O amor não tira férias (Capítulo 7)
Título Original: The Holiday
Ano: 2006
País: EUA
Direção: Nancy Meyers
Elenco: Cameron Diaz, Jude Law, Kate Winslet, Jack Black
Gênero: Comédia, Romance

Sinopse: Iris (Kate Winslet) escreve uma coluna sobre casamento bastante conhecida no Daily Telegraph, de Londres. Ela está apaixonada por Jasper (Rufus Sewell), mas logo descobre que ele está prestes a se casar com outra. Bem longe dali, em Los Angeles, está Amanda (Cameron Diaz), dona de uma próspera agência de publicidade especializada na produção de trailers de filmes. Após descobrir que seu namorado, Ethan (Edward Burns), não tem sido fiel, Amanda encontra na internet um site especializado em intercâmbio de casas. Ela e Iris entram em contato e combinam a troca. Logo a mudança trará reflexos na vida amorosa de ambas, com Iris conhecendo Miles (Jack Black), um compositor de cinema, e Amanda se envolvendo com Graham (Jude Law), irmão de Iris.

Cocoon (Capítulo 7)
Título Original: Cocoon
Ano: 1985
País: EUA
Direção: Ron Howard
Elenco: Don Ameche, Wilford Brimley, Brian Dennehy
Gênero: Ficção Científica, Drama
Sinopse: Extra-terrestres vem a Terra com a missão de recuperar casulos com seres de outro planeta, sendo que enquanto os casulos vão sendo recuperados eles são colocados em uma piscina, energizada pelos alienígenas. Mas os extraterrenos ignoram o fato desta piscina ser utilizada por três idosos moradores de um asilo, que logo passam a ter uma disposição fantástica. Porém, quando descobrem a origem da sua juventude um dilema surge na vida deles.

Harry e Sally, Feitos um para o outro (Capítulo 7)
Título Original: When Harry Met Sally
Ano: 1989
País: EUA
Direção: Rob Reiner
Elenco: Meg Ryan, Billy Cristal, Carrie Fisher
Gênero: Comédia, Romance
Sinopse: No fim de sua formatura na Universidade de Chicago, Harry Burns (Billy Crystal) dá a Sally Albright (Meg Ryan), formanda amiga de sua namorada, uma carona até Nova York. Os anos passam e eles continuam a se encontrar esporadicamente, mas a grande amizade que desenvolveram é abalada ao perceberem que na verdade estão apaixonados um pelo outro.

Muito bem acompanhada (Capítulo 8)
Título Original: The Wedding date

Ano: 2005
País: EUA
Direção: Dana Fox
Elenco: Debra Messing, Amy Adams, Dermot Mulroney
Gênero: Comédia, Romance
Sinopse: Há 2 anos atrás Kat Ellis (Debra Messing) foi abandonada no altar. Agora sua irmã, Amy (Amy Adams), está prestes a se casar e terá como padrinho de casamento justamente seu ex-noivo. Decidida a demonstrar ter superado o abandono, Kat contrata Nick Mercer (Dermot Mulroney) como seu acompanhante no casamento. O que Kat não esperava era que Nick conquistasse a simpatia de sua família, demonstrando ser um genro perfeito e objeto de desejo de qualquer mulher. Aos poucos ela nota que a relação que possui com Nick, que era para ser de fachada, torna-se cada vez mais séria.

Noivo Neurótico, Noiva Nervosa (Capítulo 8)
Título Original: Annie Hall
Ano: 1977
País: EUA
Direção: Woody Allen
Elenco: Woody Allen, Diane Keaton,
Gênero: Comédia dramática, Romance
Sinopse: Alvy Singer (Woody Allen), um humorista judeu e divorciado que faz análise há quinze anos, acaba se apaixonando por Annie Hall (Diane Keaton), uma cantora em início de carreira com uma cabeça um pouco complicada. Em um curto espaço de tempo eles estão morando juntos, mas depois de um certo período crises conjugais começam a se fazer sentir entre os dois.

Minha mãe é uma peça (Capítulo 9)
Título Original: Minha mãe é uma peça
Ano: 2013
País: Brasil
Direção: André Pellenz
Elenco: Paulo Gustavo, Herson Capri, Ingrid Guimarães, Mariana Xavier
Gênero: Comédia
Sinopse: Dona Hermínia (Paulo Gustavo) é uma mulher de meia idade,

divorciada do marido (Herson Capri), que a trocou por uma mais jovem (Ingrid Guimarães). Hiperativa, ela não larga o pé de seus filhos Marcelina (Mariana Xavier) e Juliano (Rodrigo Pandolfo), sem se dar conta que eles já estão bem grandinhos. Um dia, após descobrir que eles consideram ela uma chata, resolve sair de casa sem avisar para ninguém, deixando todos, de alguma forma, preocupados com o que teria acontecido. Mal sabem eles que a mãe foi visitar a querida tia Zélia (Sueli Franco) para desabafar com ela suas tristezas do presente e recordar os bons tempos do passado.

Viajar é preciso (Capítulo 10)
Título Original: Wanderlust
Ano: 2012
País: EUA
Direção: Davi Wain
Elenco: Jennifer Aniston, Paul Rudd, Justin Theroux
Gênero: Comédia,
Sinopse: George (Paul Rudd) acaba de ser demitido do emprego e, para piorar, o documentário da sua esposa Linda (Jennifer Aniston) é cancelado. Sem dinheiro para bancar a vida em Nova York, o casal decide se mudar para a casa do irmão de George, em uma comunidade alternativa chamada Elysium.

O amor acontece (Capítulo 11)
Título Original: Love Happens
Ano: 2010
País: EUA
Direção: Brandon Camp
Elenco: Jennifer Aniston, Aaron Eckhart
Gênero: Romance, Drama
Sinopse: Burke Ryan (Aaron Eckhart) é um escritor viúvo, autor de um livro sobre como lidar com as perdas. Seu trabalho logo se torna um best seller, o que o torna uma espécie de guru da auto-ajuda. Em uma viagem a negócios para Seattle, ele conhece Eloise Chandler (Jennifer Aniston) e por ela se apaixona. Só que, ao assistir o seminário de Burke, ela percebe que na verdade ele ainda não conseguiu superar a morte da esposa.

Alguém tem que ceder (Capítulo 12)
Título Original: Somethings´gotta give
Ano: 2004
País: EUA
Direção: Nancy Meyers
Elenco: Jack Nicholson, Diane Keaton, Amanda Peet
Gênero: Romance, Comédia
Sinopse: Harry Sanborn (Jack Nicholson) é um executivo que trabalha no ramo da música e que namora Marin (Amanda Peet), que tem idade para ser sua filha. Harry e Marin decidem ir até a casa de praia da mãe dela, Erica (Diane Keaton), para visitá-la. Lá Harry sofre uma parada cardíaca, ficando sob os cuidados de Erica e de Julian (Keanu Reeves), um jovem médico local. Aos poucos Harry percebe que está se interessando cada vez mais por Erica, mas tenta esconder seus sentimentos. Julian também sente atração por ela, tornando-se um rival de Harry.

Crossroads – Amigas para sempre (Capítulo 13)
Título original: Crossroads
Ano: 2002
País: EUA
Direção: Shonda Rhimes
Elenco: Britney Spears, Anson Mount, Zoe Saldaña
Gênero: Comédia, Romance, Musical
Sinopse: Lucy (Britney Spears), Kit (Zoe Saldana) e Mimi (Taryn Manning) são três amigas de infância que ficaram 8 anos afastadas e se reencontraram recentemente. Elas planejam realizar uma viagem pelo interior dos Estados Unidos, onde esperam restabelecer a antiga cumplicidade e experimentar coisas novas. Com os mais diversos sonhos em mente e pouco dinheiro no bolso, elas acabam pegando carona com o misterioso Ben (Anson Mount), amigo de Mimi.

Plano B (Capítulo 14)
Título original: The Back-Up Plan
Ano: 2010
País: EUA
Direção: Alan Poul
Elenco: Jennifer Lopez, Alex O'Loughlin, Michaela Watkins

Gênero: Romance

Sinopse: Zoe (Jennifer Lopez) está cansada de aguardar pelo homem certo. Decidida a ser mãe de qualquer maneira, ela elabora um plano, marca uma consulta e resolve fazer inseminação artificial. Neste mesmo dia conhece Stan (Alex O'Loughlin), que surge como uma possibilidade real de relacionamento. Só que Zoe quer manter o relacionamento no nível da amizade, ao mesmo tempo em que precisa esconder os primeiros sinais da gravidez. Quando enfim revela a verdade, Stan lhe diz que está disposto a encarar a situação.

Hitch – Conselheiro Amoroso (Capítulo 14)
Título Original: Hitch
Ano: 2005
País: EUA
Direção: Andy Tennant
Elenco: Will Smith, Eva Mendes, Kevin James
Gênero: Romance, Comédia

Sinopse: Em Hitch - Conselheiro Amoroso, Alex "Hitch" Hitchens (Will Smith) é um lendário, e propositalmente anônimo, "doutor do amor", que vive em Nova York. Em troca de uma determinada taxa, ele se dispõe a ajudar homens a conquistar as mulheres de seus sonhos. Enquanto trabalha para Albert (Kevin James), um contador que se apaixonou pela socialite Allegra Cole (Amber Valetta), Hitch conhece a mulher que acredita ser sua própria cara-metade: a jornalista Sara Melas (Eva Mendes). Apaixonado, Hitch decide conquistá-la mesmo correndo o risco de ter sua identidade desvendada pelo jornal em que Sara trabalha.

O especialista (Capítulo 14)
Título Original: The Specialist
Ano: 1994
País: EUA
Direção: Luís Llosa
Elenco: Sylvester Stallone, Sharon Stone
Gênero: Ação, Suspense

Sinopse: Ray Quick (Sylvester Stallone) é um perito em explosivos que trabalhava para a C.I.A. e se aposentou, indo viver em Miami, Flórida, após o horrível fracasso de uma operação contra um grande traficante de drogas latino-americano, que teve como trágica conseqüência a morte de uma criança. Ray é persuadido a sair da sua aposentadoria quando a obcecada May Munro (Sharon Stone) lhe pede ajuda para conseguir se vingar de uma poderosa família do crime organizado, que é chefiada por Joe Leon (Rod Steiger) e seu filho Tomas Leon (Eric Roberts), que há alguns anos atrás, quando era jovem, foram os responsáveis pela morte dos pais dela. Paralelamente, Ned Trent (James Woods), o ex-parceiro de Ray que após a fracassada operação se tornou seu inimigo, está na folha de pagamento da família Leon. Ned busca uma vingança pessoal contra Ray, que gradativamente está executando os capangas de Leon.

O que esperar quando você está esperando (Capítulo 15)
Título Original: What To Expect When You're Expecting
Ano: 2012
País: EUA
Direção: Kirk Jones
Elenco: Cameron Diaz, Jennifer Lopez, Elizabeth Banks
Sinopse: Em O Que Esperar Quando Você Está Esperando, Holly (Jennifer Lopez) é uma fotógrafa casada com Alex (Rodrigo Santoro) e quer muito adotar uma criança. Ele concorda com a ideia, mas a proximidade de receber o bebê faz com que tenha dúvidas se está preparado para a tarefa de ser pai. Wendy (Elizabeth Banks) sempre sonhou com o brilho da gestação e, após dois anos de tentativas, enfim está grávida. Entretanto, ela e o marido Gary (Ben Falcone) precisam lidar com a rivalidade do pai dele, Ramsey (Dennis Quaid), que está esperando gêmeos com a jovem Skyler (Brooklyn Decker). Jules (Cameron Diaz) apresenta um reality show onde os participantes precisam emagrecer e acaba de ganhar a Dança das Celebridades ao lado do parceiro Evan (Matthew Morrison). Eles mantêm um caso há poucos meses e, sem esperar, ela engravida. Há ainda Rosie (Anna Kendrick), uma jovem vendedora de sanduíches que tem relações sexuais com Marco (Chace Crawford), que trabalha como vendedor em outro trailer. Ela engravida, o que faz com que os dois se aproximem cada vez mais.

Crepúsculo (Capítulo 15)
Título Original: Twilght
Ano: 2008
País: EUA

Direção: Catherine Hardwicke
Elenco: Kristen Stewart, Robert Pattinson, Taylor Lautner
Gênero: Fantasia, Romance
Sinopse: Isabella Swan (Kristen Stewart) e seu pai, Charlie (Billy Burke), mudaram-se recentemente. No novo colégio ela logo conhece Edward Cullen (Robert Pattinson), um jovem admirado por todas as garotas locais e que mantém uma aura de mistério em torno de si. Eles aos poucos se apaixonam, mas Edward sabe que isto põe a vida de Isabella em risco.

Brilho de uma paixão (Capítulo 16)
Título Original: Bright Star
Ano: 2009
País: Reino Unido, França
Direção: Jane Campion
Elenco: Abbie Cornish, Ben Whishaw, Paul Schneider
Gênero: Drama, Romance
Sinopse: Londres, 1818. O jovem poeta John Keats (Ben Whishaw) é vizinho de Fanny Brawne (Abbie Cornish), estudante de moda e dona de opiniões fortes. Seus mundos não poderiam ser mais distintos. Quando o irmão de John adoece, Fanny oferece seus cuidados. Encantado, John se aproxima da moça e se oferece para ensiná-la poesia. Os dois terminam se apaixonando. Quando a mãe de Fanny e o melhor amigo de John descobrem o caso, já é tarde demais para tentarem desaconselhá-los.

Bacurau (Capítulo 16)
Título Original: Bacurau
Ano: 2019
País: Brasil, França
Direção: Kleber Mendonça Filho, Juliano Dornelles
Elenco: Sonia Braga, Udo Kier, Barbara Colen,
Gênero: Drama, Suspense
Sinopse: Pouco após a morte de dona Carmelita, aos 94 anos, os moradores de um pequeno povoado localizado no sertão brasileiro, chamado Bacurau, descobrem que a comunidade não consta mais em qualquer mapa. Aos poucos, percebem algo estranho na região: enquanto drones passeiam pelos céus, estrangeiros chegam à cidade pela primeira vez. Quando carros se tornam vítimas de tiros e cadáveres começam a aparecer, Teresa

(Bárbara Colen), Domingas (Sônia Braga), Acácio (Thomas Aquino), Plínio (Wilson Rabelo), Lunga (Silvero Pereira) e outros habitantes chegam à conclusão de que estão sendo atacados. Falta identificar o inimigo e criar coletivamente um meio de defesa.

Por um sentido na vida (Capítulo 17)
Título Original: The Good Girl
Ano: 2002
País: EUA
Direção: Miguel Arteta
Elenco: Jennifer Aniston, Jake Gyllenhaal, John C. Reilly
Gênero: Comédia, Drama
Sinopse: Justine Last (Jennifer Aniston) é uma mulher frustrada com seu casamento, já que seu marido apenas pensa em fumar maconha com seu amigo Bubba (Tim Blake Nelson). Cansada do atual relacionamento, ela acaba se envolvendo com Holden Worther (Jake Gyllenhaal), um colega de trabalho que acredita ser Holden Caufield, narrador do livro "O Apanhador no Campo de Centeio". Além de ter que lidar com a personalidade de Holden, a vida de Justine se transforma completamente após Bubba descobrir que ela está tendo um caso.

Instinto Selvagem (Capítulo 17)
Título Original: Basic Instinct
Ano: 1992
País; EUA
Direção: Paul Verhoeven
Elenco: Sharon Stone, Michael Douglas
Gênero: Suspense, Erótico
Sinopse: Em Instinto Selvagem, o policial Nick Curran (Michael Douglas) fica fortemente atraído por Catherine Tramell (Sharon Stone), a principal suspeita de um assassinato. Apesar de ter consciência dos riscos que corre, Curran se expõe cada vez mais, mesmo quando novas mortes ocorrem.

A última ressaca do ano (Capítulo 18)
Título Original: Office Christmas Party
Ano: 2016
País: EUA

Direção: Laura Solon, Justin Malen
Elenco: Jennifer Aniston, Jason Bateman, Olivia Munn
Gênero: Comédia
Sinopse: Com a morte recente do pai, os irmãos Clay (T.J. Miller) e Carol Vanston (Jennifer Aniston) disputam o controle da empresa de tecnologia criada pelo pai. Sentindo-se ameaçado pela irmã, Clay, que é o CEO da empresa, planeja uma festa de Natal que vai garantir o futuro da firma, até que a festa foge do seu controle.

Love Story - Uma história de amor (Capítulo 18)
Título Original: Love Story
Ano: 1970
País: EUA
Direção: Arthur Hiller
Elenco: Ali McGraw, Ryan O'Neal, Ray Milland
Gênero: Romance, Drama
Sinopse: Love Story - Uma História de Amor acompanha Oliver Barrett IV (Ryan O'Neal), um estudante de Direito de Harvard que conhece Jenny Cavilleri (Ali MacGraw), uma estudande de música de Radcliffe. Um rápido envolvimento surge entre eles, sendo que logo decidem se casar. No entanto, Oliver Barrett III (Ray Milland), o pai do jovem, que é um multimilionário, não aceita tal união e deserda o filho. Algum tempo depois de casados ela não consegue engravidar e, ao fazer alguns exames, se constata que Jenny está muito doente.

Segredos e Despedidas (Capítulo 19)
Título Original: Here and Now
Ano: 2018
País: EUA
Direção: Fabien Constant
Elenco: Sarah Jessica Parker, Renée Zellweger, Taylor Kinney
Gênero: Drama, Romance, Musical
Sinopse: Vivienne (Sarah Jessica Parker) é uma uma cantora de sucesso que, ao longo dos anos, acabou se afastando cada vez mais de sua família. Quando ela acaba descobrindo uma doença potencialmente fatal, toda sua vida é reavaliada, inclusive a relação com o ex-marido (Simon Baker) e seu desempenho como mãe.

P.S – eu te amo (Capítulo 19)
Título Original: P.S I love You
Ano: 2007
País: EUA
Direção: Richard LaGravenese
Elenco: Gerard Butler, Hilary Swank, Lida Kudrow, Kathy Bates
Gênero: Romance, Drama
Sinopse: Holly Kennedy (Hilary Swank) é casada com Gerry (Gerard Butler), um engraçado irlandês por quem é completamente apaixonada. Quando Gerry morre, a vida de Holly também acaba. Em profunda depressão, ela descobre com surpresa que o marido deixou diversas cartas que buscam guiá-la no caminho da recuperação.

Fora de Rumo (Capítulo 20)
Título Original: Derailed
Ano: 2006
País: EUA
Direção: Mikael Hafstrom
Elenco: Clive Owen, Jennifer Aniston, Vincent Cassel
Gênero: Suspense, Drama
Sinopse: Charles Schine (Clive Owen) e Lucinda Harris (Jennifer Aniston) são dois executivos casados, que mantém um caso secretamente. Após serem chantageados por um violento criminoso, eles precisam encontrar um meio de salvar seus casamentos e também suas próprias vidas.

Meninas Malvadas (Capítulo 20)
Título Original: Mean Girls
Ano: 2003
País: EUA
Direção: Mark Waters
Elenco: Lindsay Lohan, Rachel McAdams, Amanda Seyfried
Gênero: Comédia
Sinopse: Cady Heron (Lindsay Lohan) é uma garota que cresceu na África e sempre estudou em casa, nunca tendo ido a uma escola. Após retornar aos Estados Unidos com seus pais, ela se prepara para iniciar sua vida de estudante, se matriculando em uma escola pública. Logo Cady percebe como a língua venenosa de suas novas colegas pode prejudicar sua vida e, para piorar ainda mais sua situação, Cady se apaixona pelo garoto errado.

Nosso Amor de Ontem (Capítulo 20)
Título Original: The Way we were
Ano: 1973
País: EUA
Direção: Sydney Pollack
Elenco: Barbra Streisand, Robert Redford, Bradford Dillman
Gênero: Drama, Romance
Sinopse: Em 1937, Katie Morosky (Barbra Streisand), uma judia comunista, desperta a atenção de Hubbell Gardiner (Robert Redford), um protestante de uma rica família, em virtude de ser uma pacifista convicta. Cada um segue seu caminho, ele se dedicando a escrever e ela trabalhando em uma rádio. Quase oito anos depois os dois se encontram por acaso em Nova York, quando Katie vê Hubbell, que cochila em uma boate. Provavelmente por serem bem diferentes e os opostos se atraem os dois se apaixonam. Porém Katie sente-se pouco à vontade com os amigos de Gardiner, sendo que quando algo não a agrada, o que acontece freqüentemente, é motivo para um acalorado protesto. Após discussões e o fracasso do primeiro livro de Hubbell, eles vão para Hollywood, onde Gardiner escreverá o roteiro de um filme para J.J. (Bradford Dillman), um amigo de Hubbell que se tornou produtor. Katie diz para Hubbell que está grávida, mas nem tudo corre bem e, para piorar, o macarthismo domina o país, transformando a liberdade de expressão em algo muito perigoso, que pode custar o emprego e a liberdade de quem desafia o Comitê de Atividades Anti-Americanas.

Apostando Tudo (Capítulo 21)
Título Original: Win it all
Ano: 2017
País: EUA
Direção: Joe Swanberg
Elenco: Jake Johnson, Aislinn Derbez, Keegan-Michael Key
Gênero: Comédia
Sinopse: Eddie Garrett (Jake Johnson) concorda em olhar uma bolsa para um conhecido que está indo para a prisão. Quando ele descobre que o que tem na sacola é dinheiro, não resiste à tentação e acaba gastando a grana. Quando o prisioneiro é solto mais cedo, Eddie tem uma pequena janela de tempo para ganhar todo o dinheiro de volta.

Dirty Dancing – Ritmo Quente (Capítulo 21)
Título Original: Dirty Dancing
Ano: 1987
País: EUA
Direção: Emile Ardolino
Elenco: Patrick Swayze, Jennifer Grey,
Gênero: Musical, Romance, Drama
Sinopse: Em 1963, Frances Houseman (Jennifer Grey), ou "Baby", como é chamada pela família, uma jovem de 17 anos, viajou com seus pais, Marjorie (Kelly Bishop) e Jake Houseman (Jerry Orbach) e sua irmã Lisa (Jane Brucker) para um resort em Catskills. Ao contrário de Lisa, que pensa em roupas, Frances é idealista e quer estar no próximo verão no Corpo da Paz estudando a economia dos países do Terceiro Mundo. Assim, ela espera que este seja o último verão como uma adolescente despreocupada, mas Baby não se dá muito bem com sua irmã mais velha e está entediada em tentar distrair os hospedes mais velhos (foi envolvida nesta situação por seu pai). Até que numa noite Baby ouve algo que parece ser um som de festa no alojamento dos funcionários (que os hospedes não podem ter acesso). Ela consegue entrar na festa graças a um empregado e descobre que ali o pessoal realmente se diverte com danças, que Max Kellerman (Jack Weston), o dono do hotel, não permite. Baby chega a dançar com Johnny Castle (Patrick Swayze), um professor de dança, e logo fica apaixonada por ele. Quando Penny Johnson (Cynthia Rhodes), a parceira de dança de Johnny, fica grávida por ter se envolvido com Robbie Gould (Max Cantor), um dos garçons, Baby se oferece para aprender a dançar e substituir Penny, mas o pai de Baby, quando descobre, não gosta disto, pois considera que Johnny é de outra classe social e Baby é jovem demais para entender seus sentimentos.

O amor pede passagem (Capítulo 22)
Título Original: Management
Ano: 2008
País: EUA
Direção: Stephen Belber
Elenco: Jennifer Aniston, Steve Zahn, Woody Harrelson,
Gênero: Comédia
Sinopse: Interior do Arizona. Sue Claussen (Jennifer Aniston) é uma executiva que, entre diversas viagens de negócios, se hospeda em um hotel

de beira de estrada. O dono do local é Mike (Steve Zahn), que o herdou dos pais. Ele decide se arriscar e oferece a Sue, como cortesia da casa, uma garrafa de vinho. Sue sonha em fazer um mundo melhor e tem sua grande chance quando recebe uma proposta de Jango (Woody Harrelson), seu ex-namorado e atual milionário, de ser diretora de suas empresas. O cargo permitirá que Sue escolha as instituições de caridade que serão beneficiadas. Mike acompanha as conquistas de Sue diretamente do Arizona, até perceber que para conquistar seu amor precisará ir atrás dele.

Como se fosse a primeira vez (Capítulo 23)
Título Original: 50 First Dates
Ano: 2004
País: EUA
Direção: Peter Segal
Elenco: Drew Barrymore, Adam Sandler
Gênero: Comédia, Romance
Sinopse: Em Como Se Fosse a Primeira Vez, Henry Roth (Adam Sandler) é um veterinário paquerador, que vive no Havaí e é famoso pelo grande número de turistas que conquista. Seu novo alvo é Lucy Whitmore (Drew Barrymore), que mora no local e por quem Henry se apaixona perdidamente. Porém há um problema: Lucy sofre de falta de memória de curto prazo, o que faz com que ela rapidamente se esqueça de fatos que acabaram de acontecer. Com isso Henry é obrigado a conquistá-la, dia após dia, para ficar ao seu lado.

Confinamento (Capítulo 24)
Título Original: Locked Down
Ano: 2020
País: Reino Unido,
Direção: Doug Liman
Elenco: Anne Hathaway, Chiwetel Ejiofor, Ben Kingsley
Gênero: Drama
Sinopse: Em Confinamento, acompanhamos a vida de Linda (Anne Hathaway) e Paxton (Chiwetel Ejiofor), um casal que está prestes a se divorciar. Entretanto, tudo muda quando a crise do coronavirus explode e eles precisam ficar confinados na mesma casa por tempo indeterminado. No início, a quarentena revela-se um desafio, mas alimentado pela poesia e

por grandes quantidades de vinho, os dois acabam se aproximando de uma forma surpreendente.

O espelho tem duas faces (Capítulo 24)
Título Original: The Mirror has two faces
Ano: 1996
País: EUA
Direção: Barbra Streisand
Elenco: Barbra Streisand, Jeff Bridges, Piece Brosnan
Gênero: Drama, Romance, Comédia
Sinopse: Dois professores da Columbia University sentem-se solitários, pois não conseguiram se envolver com quem eles queriam. Ele, Gregory Larkin (Jeff Bridges), é um professor de matemática extremamente introvertido e que ainda idolatra Candy (Elle Macpherson), a antiga namorada que o trocou por outro. Ela, Rose Morgan (Barbra Streisand), é uma professora de literatura muito comunicativa, que viu sua grande paixão, Alex (Pierce Brosnan), se casar com Claire (Mimi Rogers), sua irmã. Ao ver o anúncio de Gregory em um correio sentimental, ela decide responder como se fosse apenas Rose, já que ambos pertencem a mesma universidade. Após alguns encontros totalmente platônicos Gregory pede Rose em casamento, mas decidem ter um união baseada apenas nas suas preferências intelectuais e totalmente desprovida de sexo. No início ela consegue suportar tal situação, mas com o tempo a relação entra em crise e ela decide se produzir, para conquistar realmente seu marido e ter um casamento de fato e não apenas de direito.

SERIADOS

Sex and The City
Título Original: Sex and the city
Criação: Darren Star
Ano: 1998 a 2003 (6 temporadas)
País: EUA
Elenco: Sarah Jessica Parker, Kim Catrall, Cynthia Nixon e Kristin Davis
Sinopse: Quatro mulheres solteiras, bonitas e confiantes de Nova York que são melhores amigas e compartilham entre si os segredos de suas conturbadas vidas amorosas. Carrie Bradshaw (Sarah Jessica Parker) é uma colunista e narra a história. Miranda Hobbes (Cynthia Nixon) é uma advogada determinada, que deseja sucesso na carreira e na vida amorosa. Charlotte York (Kristin Davis) é uma comerciante de arte vinda de uma família rica que é insegura sobre si mesma. E Samantha Jones (Kim Cattrall) é uma loira fatal que está sempre à procura de um bom partido.

*A série também teve 2 filmes que serviram de continuação para o seriado. Sex and The City- o filme lançado em 2008 e Sex and The City 2 em 2010.

Desperate Housewives (Capítulo 13)
Título Original: Desperate Housewives
Criação: Marc Cherry
Ano: 2004 a 2012 (8 temporadas)
País: EUA

Elenco: Eva Longoria, Marcia Cross, Teri Hatcher, Felicity Huffman

Sinopse: A pacata vida de um grupo de donas-de-casa do subúrbio de Wisteria está prestes a mudar completamente. Quando uma delas, Mary Alice Young (Brenda Strong), misteriosamente comete suicídio, somos guiados através das vidas de seus amigos, família e vizinhança, pelo seu ponto de vista único e... superior. A vida atrás das portas fechadas do subúrbio de repente toma um rumo sombrio e engraçado. À medida que se aprofunda na vida desse grupo de amigas, a série mistura doses de drama com humor, e ajuda a demonstrar que as coisas nem sempre são tão simples quanto parecem.

Gilmore Girls (Capítulo 13)
Título Original: Gilmore Girls
Criação: Amy-Sherman Palladino
Ano: 2000 a 2007 (7 temporadas)
País: EUA
Elenco: Lauren Graham, Melissa Mccarthy, Alexis Bledel

Sinopse: Lorelai Gilmore (Lauren Graham) tem uma relação tão amigável com sua filha, Rory (Alexis Bledel), que muitas vezes elas são confundidas como irmãs. Entre o relacionamento de Lorelai com seus pais, a nova escola preparatória de Rory, e os romances nas vidas das duas, há muito drama e muita diversão acontecendo.

Gossip Girl (Capítulo 13)
Título Original: Gossip Girl
Criação: Sara Goodman, Joshua Safran, Josh Schwartz
Ano: 2007-2012 (6 temporadas)
País: EUA
Elenco: Leighton Meester, Blake Lively, Penn Badgley

Sinopse: Após passar um ano estudando fora por motivos misteriosos, Serena van der Woodsen (Blake Lively) está de volta em Nova York. Seu retorno agita o Upper East side, onde vivem os jovens mais privilegiados da cidade, como a sua melhor amiga, Blair Waldorf (Leighton Meester), o namorado de Blair, Nate Archibald (Chace Crawford), e ainda Chuck Bass (Ed Westwick). Enquanto lida com os problemas com a mãe, Lily van der Woodsen (Kelly Rutherford), e o irmão, Eric (Connor Paolo), Serena irá começar um relacionamento com Dan Humphrey (Penn Badgley), um garoto de um mundo completamente diferente.

Friends
Título Original: Friends
Criação: David Craine
Ano: 1994 a 2004 (10 temporadas)
País; EUA
Elenco: Jennifer Aniston, Courtney Cox, Lisa Kudrow, Matt Le Blanc, Matthew Perry, David Schimmer
Sinopse: Seis jovens são unidos por laços familiares, românticos e, principalmente, de amizade, enquanto tentam vingar em Nova York. Rachel é a garota mimada que deixa o noivo no altar para viver com a amiga dos tempos de escola Monica, sistemática e apaixonada pela culinária. Monica é irmã de Ross, um paleontólogo que é abandonado pela esposa, que descobriu ser lésbica. Do outro lado do corredor do apartamento de Monica e Rachel, moram Joey, um ator frustrado, e Chandler, de profissão misteriosa. A turma é completa pela exótica Phoebe.

Playlist

- Valsa nº 2 - de Shostakovitch
- Prelude in E Minor – de Frederic Chopin
- City of Stars – de Justin Hurtwitz (Trilha sonora de La La Land)
- The Godfather Theme Song – de Nino Rota (Tema do filme O poderoso Chefão)
- Love Story – de Francis Lai (tema do filme Love Story)
- Fur Elise – de Ludwig Van Beethoven
- Nessun Dorma – de Giacomo Puccini
- Bachianas Brasileiras nº 5 - de Heitor Villa-Lobos
- And the Waltz Go on – de Anthony Hopkins
- One – de U2
- Overprotected – de Britney Spears
- Bye Bye Bye – de N´sync
- My love don´t cost a thing – de Jennifer Lopez
- With or Without You - U2
- Chega de Saudade – de Antonio Carlos Jobim
- Ain't no mountain high – Marvin Gaye
- Can´t Take my eyes of you – Frankie Valli

A The Gift Box Editora acredita em bons projetos e por isso apresenta o seu novo selo The Gift Start, que tem como objetivo introduzir ao público novos autores e projetos da casa dentro do universo do Romance.

Nosso objetivo é dar chances iguais a todo novo talento que publicarmos, não só os novos no mercado, mas os estreantes na família The Gift Box.

Acompanhe a The Gift Box nas redes sociais para ficar por dentro de todas as novidades.

 www.thegiftboxbr.com

 /thegiftboxbr.com

 @thegiftboxbr

 @GiftBoxEditora